Tantas Paisagens

MARIA JOSÉ OITICICA GONDIM

....
© Copyright 2022

Dados Internacionais de Catalogação na Publicação (CIP)
(eDOC BRASIL, Belo Horizonte/MG)
Gondim, Maria José Oiticica.

G637t
Tantas Paisagens / Maria José Oiticica Gondim. – São José dos Campos, SP: Ofício das Palavras, 2022.

225 p. : 13 x 18 cm
ISBN 978-65-86892-35-2
1. Literatura brasileira – Crônicas. I. Título.
CDD B869.3

Coordenação Editorial **Ofício das Palavras**
Produção Editorial **Ofício das Palavras**
Revisão **Ivanhoé Marques**
Capa e diagramação **Tatiane Lima**

....

....

Outros nomes da palavra
agradecimento:

Margarida, minha mãe, Dorivaldo, meu pai, raízes de mim, seiva e alimento, sempre.

Áurea Rampazzo, com quem compartilho amizade e bem-querer. Seus ensinamentos nas oficinas literárias do Museu Lasar Segall descortinaram em mim os intrincados e diversos caminhos da poesia e da prosa.

Frequentadores das oficinas do Segall, espaço generosamente aberto à cultura e à educação, no qual, por anos, praticamos a leitura e a escuta de textos literários (meus, deles e delas), na vivência coletiva de construção de um saber.

Ivanhoé Marques, mestre e amigo, ourives da palavra, que se dedicou afetuosamente à revisão e à supervisão editorial desse livro.

Sumário

Prefácio 13
A cidade e as trocas 17
Ao redor do fogo 21
Viagem ao centro da Terra 23
No salão de beleza 27
Os olhos claros de Letícia 31
Retratos 33
Ouvir vozes 37
Ecos 39
Roupas no varal 41
Centenária 43

Nômades 45
Náusea e perfume 49
À espera 53
Carta de um sertanejo 55
Planície, poeira e sol 59
Claro-escuro 63
Cigana 65
Uma visita messiânica 71
Delícias de abacaxi 75
Cena de cinema 77
A cinegrafista 81
Quintais 83
O amigo chinês 87
Pequena mensagem ao Chico Buarque 91
Estradas de vento 93
Margaridas 97
Paris, do lado de lá 99
Respingos de azul 105

História 107
Tempo de jabuticaba 113
De sonhos, peixes e estrelas 117
Madrugada de deuses e santos 123
A Terra é azul 125
Espantando fantasmas 131
Antônia 135
Luz de domingo 137
Sempre aos domingos 139
Círculos 141
Neblina e silêncio 143
O vestido de Natal 149
Uma história do Oriente 151
Um piano ao longe 153
Música no parque 157
Antes dos hippies 159
Breve adeus a George Harrison 161
O grande dia 163

- Salvo das águas 165
- Janelas abertas 171
- Velha casa 173
- Hora absurda 177
- Um presente do outro mundo 181
- Viola e sertão adentro 187
- Derradeiro dia 193
- Estiagem 195
- A outra margem 197
- Manuscrito 203
- Notícia de jornal 207
- Em branco e preto 211
- Dia das mães 213
- Passagem para o porto 217
- Contando histórias pra Dija 223

prefácio

É mais do que óbvio que não se pode limitar o termo "paisagem" à sua dicionarizada significação de tudo aquilo que o olhar alcança, afinal, aponta Merleau-Ponty, nunca se capta a visão total do que se abre à vista. A face visível da paisagem articula-se, assim, ao seu reverso invisível, aquilo que não se enxerga em meio à avalanche diária de obliterações impostas pela Contemporaneidade.

Tantas Paisagens, de Maria José Oiticica Gondim, não pretende decifrar esse paradoxo (quase) incognoscível, mas partilhá-lo pela dimensão existencial que o termo "paisagem" engendra.

Embaralhado em narrativas curtas, ficcionais e paraficcionais, o livro parece seguir o itinerário metafísico da personagem Ciro, do microconto *Os olhos claros de Letícia*, definido como "um andarilho de tantas paisagens". Nesse diapasão, o universo narrativo dividido com leitores – memórias; impressões sinestésicas; aromas da infância; territórios estranhos; fantasmas caseiros; pessoas desterradas, em fuga de intempéries não apenas físicas etc. – assemelha-se a um eterno cirandar de quem (eis a autora) busca "escutar palavras", "recolhê-las", e, para o bem da vida e da literatura, "tecer uma história", assim se escreve no primeiro texto do livro, *A cidade e as trocas*.

Não importa solucionar enigmas, mas abrir a visão (geográfica, poética, filosófica) para contemplá-los. Isso tudo nos diz, em poucas páginas, Tantas Paisagens.

Ivanhoé Marques
Autor de Touro, Ofício das Palavras, 2011

A cidade e as trocas

Não é apenas para comprar e vender que se vem a Eufêmia, mas também porque à noite, ao redor das fogueiras em torno do mercado, sentados em sacos ou em barris, ou deitados em montes de tapetes, para cada palavra que se diz - como "lobo", "tesouro escondido", "batalha", "amante", ... os outros contam uma história de "lobo", "tesouro escondido", "batalha", "amante".

As cidades invisíveis
(Ítalo Calvino)

Um domingo à tarde, entrei em um desses shoppings de lojas chinesas e coreanas que se multiplicam por São Paulo. Conhecidos pela venda de mercadorias piratas, dizem que seus donos os mantêm com mão de obra de estrangeiros clandestinos, quase escravos, sem que haja interferência das autoridades responsáveis. Talvez por isso, mais do que em outros espaços semelhantes, manifesta-se ali uma atmosfera fria e nervosa.

Tudo é muito intrigante: vendedores desconfiados que falam entre si línguas incompreensíveis e, para nós, ávidos compradores, apenas o mínimo para informar o valor das mercadorias. Caminhamos magnetizados nesse labirinto vertiginoso e solitário que caracteriza um mercado moderno. Em lojas pequeníssimas, vende-se de quinquilharias a produtos eletrônicos por preços atraentes e qualidade nem sempre confiável.

Naquele dia entrei ali em busca de perfumes. Sou estranhamente seduzida por seus frascos de cristal com variadas formas e cores, suas fragrâncias de flores, incensos, almíscares, um mistério dos sentidos que em fração de segundo nos conduz a atmosferas e tempos remotos. Mas não conseguia me decidir por nenhum.

Já um pouco enjoada de essências e rodopios, preferi olhar o movimento lá fora. Na calçada em frente ao shopping, misturavam-se comerciantes de rostos impessoais, de todas as cores e etnias. Pouco riso, conversa à toa, meias palavras que soavam belas, e, por instantes, permaneciam soltas no ar, nos seus mais diversos idiomas.

Pena que ninguém parou para escutar essas palavras, recolhê-las, escrever uma canção, tecer uma história. Ou trocar infinitamente esta por outras e mais histórias.

As palavras perderam-se para sempre naquele frio anoitecer. A avenida Paulista, deserta, cobria-se de uma neblina densa que ofuscava os faróis de trânsito e as primeiras luzes.

Julho 2004

Ao redor do fogo

Era dezembro, lua minguante em céu de noite escura, quase verão. Havia o mar batendo nos rochedos, o cheiro de sal e apenas a luz de uma fogueira iluminando tudo. Nada mais belo do que aqueles avermelhados matizes que pintavam o movimento dos habitantes da praia. Eu os via, rostos nus, marcados por histórias de peixes, velas e sol. O silêncio rompia-se com a dança e os cantos, com a madeira queimando em estalidos. O vento soprava em lufadas frias e, do negrume do carvão, espalhava cinzas pelo ar.

Aquela luz, às vezes intensa, às vezes bruxuleante, desenhara a dança de nômades em desertos, planícies geladas, nas primitivas cavernas e, ainda hoje, revela-se em nós um eterno cirandar.

Agosto 2000

Viagem ao centro da Terra

Se hoje em dia ainda tenho medo de viajar de avião, cada vez mais me fascina a rapidez com que essa máquina vence o tempo e as distâncias. Percebo, também, de voo em voo, algumas singularidades. Por exemplo, quando se viaja sozinho, a poltrona do corredor pode ser mais confortável do que a do meio, onde se fica espremido num sanduíche de ilustres desconhecidos; e bem melhor do que a da janela, tão disputada por se verem dali as nuvens ou sabe-se lá o quê.

Antes da decolagem, repetem-se as risíveis instruções da comissária de bordo, às quais tento fazer ouvidos moucos, e a firme voz do comandante instruindo a tripulação. O pássaro metálico prepara seu voo matemático, a respiração ruidosa das turbinas. Nesse instante, louvo os poetas inventores, em especial Santos Dumont, que desafiaram o mistério azul do céu, em busca de luas e Marte.

Durante o voo, invejo os companheiros de viagem que cuidam de bebês, leem jornais e livros, dormem nas nuvens feito anjos. Para fazer o tempo passar depressa, folheio compulsivamente revistas e jornais. O serviço de bordo também me distrai com o vaivém do carrinho de bebidas e com o lanchinho insosso que nos servem.

A passagem por zonas de turbulência, talvez uma hora de sono, um livro quase terminado, e, súbito, o bater de asas e articulações do avião me avisa da iminente aterrissagem. É o momento que mais espero. Gosto mesmo é de viagens terrestres. Pisar o chão firme de pedra e barro, ouvir das estradas tantas histórias inscritas no tempo. Lembro uma da infância: contavam que um dia viajaríamos a pé, pelo centro da Terra, através de um túnel, indo do ocidente ao oriente, até chegar a regiões mais exóticas. Talvez a cidades de mil e uma noites, ao rio Amarelo, ao pico nevado do monte Fuji, compartilhando, com novos amigos, aromas, sabores e idiomas diversos.

Súbito, a comissária orienta os passageiros para o pouso. Afivelar o cinto de segurança me tranquiliza, afinal, nunca tive sonhos de Ícaro nem pretensões a cosmonauta. No desembarque, ao lado de uma multidão barulhenta, luto para retirar as malas da esteira, e espero, numa fila interminável, por um táxi. Volto para casa sob chuva torrencial que inunda ruas, apaga faróis, atravanca o trânsito. E além disso um motorista que ao volante reclama o tempo todo.

O jeito é achar graça dessa prosaica vidinha moderna, que por vezes se mistura a contos e a escritos ancestrais, gravados para sempre na memória dos povos, na memória de todos nós.

Março 2002

No salão de beleza

Enquanto eu folheava revistas, esperando a minha vez na manicure, entrou um casal de japoneses com a filha pequena de 2 ou 3 anos. Sentaram-se ao lado. A mulher se levantou e foi ao fundo do salão conversar com a cabeleireira; o pai e a menina permaneceram ali. A pequena correu à procura da mãe, mas logo voltou, e ficou nesse vaivém, próprio às crianças de sua idade. Embora não fizesse barulho e falasse apenas algumas palavras, não parava quieta. Eu tentava me concentrar na leitura.

– Nina, sua mãe já volta, vai cortar os cabelos, ficar muito bonita. Que tal se sentar um pouco, hein? Insistia o pai. A menina gesticulava um "sim" com a cabeça, mas continuava inquieta ao redor. Ora silenciosa, brincava com uma boneca; ora descia do sofá, movimento repetitivo, que, àquela altura, já se tornara exasperante.

Em determinado momento, despreguei os olhos da revista, pois senti a mão de Nina em meu braço. Vi que ela me fitava insistentemente. Só então notei que todos os seus movimentos tinham o objetivo de chamar a minha atenção. Ela percebeu o instante em que a olhei e a descobri. E a despeito do meu riso amarelo, respondeu com um sorriso limpo, despojado.

O pai olhava, talvez um pouco invejoso da nossa súbita amizade. Nina sorria mais e mais, e seu sorriso misturava-se aos cheiros artificiais do salão, às conversas empedernidas dos adultos. Sua alegria entranhou-se em mim, feito aquela luz suave que se filtrava pela janela, quebrando o frio da manhã.

Julho 2004

Os olhos claros de Letícia

Às duas da tarde, nenhuma folha se mexe. A pequena Letícia dorme e, junto com ela, todas as plantas, pássaros e insetos. Ciro, o pai, na rede, não consegue dormir e mergulha na quietude do tempo, que escorre devagar, como suor no corpo. E neste calor de horas tropicais, Ciro, andarilho de tantas paisagens, recolhe para si este momento. Antes já recolhera areia de praias e desertos, estrelas das manhãs e o perfume de mulheres que amara. Hoje espera que a filha desperte para colher também o seu olhar e guardá-lo feito um rio manso e perene.

Março 2002

Retratos

— Gostaria de mostrar algumas das suas fotografias? Escolhemos uma, depois eu amplio e faço a pintura a óleo. A senhora nunca vai se arrepender – prontificava-se o fotógrafo, sentado à mesa com Rose e as crianças.

— Meu marido está no trabalho, preciso resolver com ele. Estamos sem dinheiro.

Rose sempre lembrava essa cena, quando olhava aquele retrato silencioso, motivo de tanta discórdia com o marido. *O que pretende com tantos gastos desnecessários? Já parou para pensar nas suas futilidades? Acha que o tempo por acaso não passou, que sempre será a menina do retrato?*

As imprecações do marido a faziam chorar, mas no íntimo Rose não lhe tirava a razão. Era trabalhador, sempre tão responsável com a família. E o retrato só exacerbara os eternos ciúmes de Ivo, a sua visão realista e sem graça das coisas. Se ao menos na fotografia aparecessem ele e os filhos. Ao invés disso, Rose escolhera aquela, em um dia já tão fora de hora, bem antes do casamento.

Sua beleza saíra do passado em preto e branco e fora transferida para o quadro em cores, ressaltando os cabelos loiros anelados que envolviam o rosto oval. Na moldura dourada, o vestido vermelho de um dia de festa. Tudo há tanto tempo, talvez fosse necessário esquecer, olhar no espelho e aceitar a vida presente, cuidar dos filhos, do marido. Perguntava-se que estranhos poderes tinha aquele fotógrafo. Por que a fizera escolher este retrato? Nele, era ela mesma ou outra, o tempo todo a zombar daquela vidinha aflita, pobre, atribulada?

Rose retirou o quadro do quarto e o transferiu, de parede em parede, até escondê-lo no exíguo quarto de entulhos, com a esperança de que não a perturbasse mais. Mas em qualquer canto onde estivesse, permanecia a olhar para ela, a tirar-lhe a paz.

Um dia, decidiu. Recortou o retrato por inteiro e jogou os pedaços no mar. Depois partiu silenciosa, apenas com as roupas do corpo. Ninguém nunca mais a encontrou.

Ouvir vozes

Carlos escrevia nos muros aquilo que ouvia bem dentro de si. Inicialmente não passava de frases desconexas que apenas intrigavam as pessoas. Com o tempo, tudo ficou mais compreensível, e um espanto geral espalhou-se na vila, pois agora Carlos parecia conhecer os mistérios de toda a gente.

Quando se deitava de olhos fechados na mata, em cama de folhas, ouvia vozes com mais nitidez. Vozes de folhas amarelas caindo, no outono, uma a uma, em ruído quase imperceptível. Vozes das chuvas de inverno que atolavam o pasto. E na primavera, vozes e cores eram indistintos. Deixava-se ficar assim por longas horas, meio bicho, meio gente, misturado a pássaros, répteis, insetos. Costumava voltar quase de noite ao casebre na vila, onde morava sozinho com a mãe.

Num dia de verão, ouviu mais do que o estalido de galhos secos, quando o atacaram furiosamente no meio do caminho. E mesmo preso, amordaçado, ainda ouvia vozes, ouvia a voz da mãe, que em meio à música de bronze das 6 da tarde, implorava à Virgem que concedesse ao filho a razão comum de todos os homens.

Dezembro 2005

Ecos

Hay que endurecer, pero
sin perder la ternura jamás
Ernesto Che Guevara

Corriam os anos sessenta. Por uma breve estação, a natureza cobriu-se de sol. Nas ruas, tribunas e festivais, cantavam-se as flores de um novo tempo; um tempo de trabalho, de colheita, de fartura. De repartir o pão e a terra.

Do chão da América Latina vinham histórias de Macondo, flautas andinas, palavras de Che. Passeatas invadiam avenidas; as esquinas do Brasil e do mundo anunciavam revoluções.

Uma felicidade sorrateira inundava os nossos dias e, perfume leve, espalhava-se no ar.

Felicidade íntima e coletiva, feita de poesia, de sonhos brancos, de bandeiras multicores.

Silenciosa, sem estrelas, veio depois uma longa noite. E ao despertarmos, nunca mais fomos os mesmos.

Novembro 2004

Roupas no varal

Murmurinho de água corrente, perfume de alfazema, de flores, e Rosa, na varanda, no quintal, cantava seu canto negro. Com a alegria de quem preparava festa, Rosa lavava roupa, depois estendia, uma a uma, todas as peças, que pareciam para ela fantasias, quadros, bandeiras coloridas de São João. Caminhava altiva entre cestos, as ancas para lá, para cá, no compasso silencioso do som tribal dos antepassados.

Por quase 2 anos, Rosa morou em nossa casa barulhenta de crianças, a quem ela dedicava tempo roubado dos afazeres domésticos. Mas veio outro tempo, e ela não brincava mais, sumiram as rodas de cantigas, o sorriso, o canto emudeceu. Escondia-se pelos vãos da casa, o corpo emagrecido, os olhos sem luz.

Um dia ela não apareceu. Tive mau pressentimento. Vi os adultos da casa e da vizinhança conversarem baixinho, consternados. Esperei, aflita, até minha mãe docemente me avisar que Rosa não viria mais. Nunca mais. Por dias, tremi, senti frio. Lá fora, as roupas no varal e o brilho do sol, igual a todas as manhãs.

Março 1999

Centenária

Próxima à janela, de onde podia ver a praia, dona Matilde permanecia imóvel, ouvindo o marulhar das águas que respingavam gotas de sal. E a maresia corroía carros, móveis, todos os objetos, menos as paredes da casa, que, iguais à dona Matilde, eram de ferro e rocha. Olhou o mar, os coqueirais ao longe. Gerações se sucediam vendo a bela igrejinha barroca, ruas e ladeiras coloridas de gente, de casarões. Ainda pretendia olhar, dali, muitos carnavais.

Março 2007

Nômades

A noite chegou de repente e eu perdido no branco do deserto. O vento apagou os vestígios da minha terra, dos amigos, da mulher amada, mas não as pegadas do meu filho morto. Resta-me, descalço, caminhar sobre elas, sentir linhas e formas que ele deixou no chão. O coração pulsa mais forte, o sangue aquece, talvez só essas marcas me levem de volta. Agora, apenas o silêncio de lagos e montanhas nevadas. Faz muito tempo que não ouço o canto dos aldeões, a música que me guiava. Preciso tanto sentar à mesa de uma taverna, alimentar o corpo magro e exausto, tomar um vinho forte que me faça dormir e, quem sabe, sonhar com a mais simples das manhãs.

Vejo um nômade com um falcão no ombro. Gentil, aproxima-se. "Não tema, ele é meu protetor na caça diurna e na insônia das noites." O homem percebe que estou perdido, que preciso de socorro.

"Conheço sua aldeia, mas fica muito distante, lado oposto ao meu. Não posso ir com você. Muitos me esperam há longo tempo." O nômade convida-me a sentar nas pedras da estrada, entrega-me todos os seus pertences. "Deixo este alforje com água, mantimentos, tudo mais que precisar. Abrigue-se nas cavernas, acenda fogueira para espantar o frio, os animais." Em longo cumprimento religioso, curva-se, despede-se, some na estrada.

Acordo quase de manhã, as primeiras luzes douradas descortinam a paisagem, o caminho. Outra vez piso as pegadas do meu filho. Das poucas casas na cordilheira, vem o som de flauta, o perfume do alimento matinal. Sinto fome.

Longe, avisto outro nômade, outros nativos, homens e mulheres cercados de crianças. Surgem, encantam-se nas montanhas. Firmes em seu caminhar, suas vestes coloridas são bandeiras que me transmitem passageira e estranha felicidade.

09 / 06 / 2009

Náusea e perfume

Você está bem, mamãe? Luís percebeu, preocupado, os lábios pálidos da mãe, enquanto ela pedia um copo d'água ao cameriere.

Nada demais, filho, enjoo comum de viagem.

Mãe, talvez seja melhor ir ao restaurante. No trem há um serviço de bordo perfeito. Ana recostou-se no ombro do filho sentado ao seu lado.

Não, filho, me deixe assim, ficarei bem. Luís calou-se. Estava um pouco nervoso, preocupado com a mãe já idosa. Verdade que ela era saudável, independente. Recusara-se sempre a morar com ele ou a irmã. Preferia a casa pequena, cheia de plantas e gatos em que residia, desde que ficara viúva. Luís olhou novamente a mãe e deixou-a quieta, sem mais perguntas.

Ana sentia as mãos frias. Tentava aquecê-las, apertando-as uma contra a outra, em vão; estavam úmidas de suor pegajoso. Lá fora havia campos amarelos de trigo e girassóis que passavam céleres pela janela. Lamentou avistá-los assim, com esta névoa no olhar que não lhe permitia ver a real luminosidade das paisagens italianas. Paisagens sempre imaginadas por ela, ao ouvir as histórias contadas pelo pai e avós imigrantes.

A cabeça pesava, um líquido quente refluía amargo do estômago, misturava-se à saliva, molhando os lábios secos. Ana já se habituara a esses sintomas. Sabia que eram passageiros. Sabia que eram tão intensos quanto o prazer e o medo que as viagens lhe proporcionavam. Não conseguia explicar por que essa sensação nunca aparecia em outros momentos. Sempre tivera controle emocional nos acontecimentos mais fortes e decisivos: no dia a dia do casamento conturbado, no nascimento dos filhos, na morte do marido. Nas viagens, no entanto, perdia o controle. Algo de abissal a invadia. Talvez as viagens lhe trouxessem o instável sentimento de viver: o eterno movimento de chegadas e partidas.

Lembrava-se agora da longínqua terra natal, da sua primeira viagem de trem, levada pelo pai da cidadezinha à capital. O trem cortava a paisagem, a mata virgem molhada de chuva recente. Era lento, nada vertiginoso, se comparado ao de agora. Com o apito longo e triste, vinha a vontade de chorar. Havia muitos túneis e o trem, nos trilhos, bem devagar. O trem, ora claro, ora escuro. Claro e escuro também agora. *Pai, estou tonta.* Recostava-se no ombro do homem, sentado ao lado.

Ana recordava aquele trem parado na estação no fim do mundo. Meninos e meninas em alarido, pendurados à janela. Vendedores de fruta. Era doce aquele perfume de laranja invadindo todos os espaços. Fazia bem o perfume do pai, o perfume do filho.

Agora a paisagem amarela de trigo e girassóis estava mais distante, cada vez mais distante. Pena não poder ver a luz da Toscana, pensou, ao fechar os olhos bem devagar.

24 / 02 / 2007

À espera

Abro a janela. Faz noite, o ruído da noite: buzinas, a dança da gente que passa, a cor de seda das saias e dos guarda-chuvas. A água corre na rua escura, molhada de luzes. Detrás das cortinas, fecho os olhos, e ensaio passos de um bolero antigo.

Outubro 2001

Tantas Paisagens

Carta de um sertanejo

São Paulo, agosto de 1960.

Rosália,

Demorei pra escrever, a viagem foi comprida, cansativa, na estrada de terra vermelha, poeirenta, na boleia de um caminhão.

O motorista era feito eu, sujeito de pouca fala, mas era alegre, cantava moda de viola junto com o rádio bem alto. Aí ficava feliz, contava histórias de viagem. No caminho a gente via casebre lumiado de candeeiro, sombra de pessoas. Ele dizia: "Olha lá! Parece alma penada no deserto". E dava risada. A gente ficou bem amigo, companheiro mesmo. Moacir disse a cidade em que morava, peguei o endereço. Um dia, eu mais vocês, vamos lá conhecer a família dele.

De noitinha ele parava o caminhão numas hospedarias sem ninguém, só uns empregados de cara feia e uma boia dura de engolir.

Chegamos em São Paulo 10 dias depois. Era tanta luz, tanto prédio, tanta rua. Fiquei zonzo. Dormimos num hotelzinho, ninguém aguentava mais o cansaço da estrada. Dia seguinte me despedi do Moacir e fui procurar o primo Juvenal, que tinha prometido um emprego pra mim. Conseguiu vaga de pedreiro pra começar na outra semana.

Hoje moro no alojamento da construção. A rua não tem silêncio nem de dia nem de noite. É um barulhão de buzina de carro, sirene de polícia, gritaria do povo. É ruim pra dormir.

O dia é carregar bloco, fazer concreto. Na hora do almoço, esquentando a marmita, falo de futebol com os colegas, do tempo, da terra que ficou pra trás.

Um domingo desses fui conhecer o mar. Era desejo antigo. Vesti a melhor roupa, paletó, gravata. Os colegas, de calção e camiseta, roupa de praia, riram muito de mim, falavam "que matuto esquisito!"

Olhei aquele mundão de água azul, meu coração disparou, igual quando nosso filhinho nasceu.

Aqui o tempo passa depressa, parece longe o dia que vim embora. Tô mandando parte do pagamento do mês. Vou começar guardar um dinheirinho, daí busco vocês correndo. Não deixe o Zezinho se esquecer de mim.

Saudade do teu abraço, do silêncio do açude.

Damião.

Planície, poeira e sol

Ali estávamos em pleno deserto da Patagônia, em viagem das mais memoráveis, graças ao espírito aventureiro da amiga Carmo, embora confesse que foi com susto e pouco entusiasmo que concordei com mais uma das suas invencionices. De costume, eu permitia a ela escolher roteiros, comprar passagens, reservar hotel, assim não era direito implicar com a sua alegria, ao partirmos da rodoviária da agitada Buenos Aires rumo à calmaria de Bariloche. Carmo nem imaginava meu coração partido, com saudades dos cafés e do tango.

Logo percebi que as prometidas 12 horas de viagem se arrastariam por mais 12, pelo menos, pois o alquebrado ônibus parou várias vezes no caminho, com radiador fundido, pneu furado, falta de óleo e diesel. Em alguns lugares, o motorista levou horas negociando com camponeses grevistas que não permitiam prosseguir; além de tudo, sem água e comida, éramos obrigados, o tempo todo, a acampar em espeluncas de beira de estrada.

Atravessando a planície sem fim, sempre cabia mais um no ônibus, um dos poucos meios de transporte no deserto. E sob um sol de quarenta graus, cruzamos dezenas de paupérrimas cidades.

No ônibus, muito cheio, com inúmeras crianças, chamavam atenção o isolamento e o silêncio monástico das pessoas. Assim, eu e Carmo fizemos amizade apenas com os motoristas. Inúmeros passageiros subiam e desciam em cada palmo de estrada. Eram comerciantes, agricultores, famílias inteiras em mudança. Em pouco tempo, não havia mais onde se sentar.

Foi quando entrou o índio. Alto, corpulento e, no rosto jovem, rugas profundas. Tostado de sol e mãos calejadas de trabalhador, roupas puídas, sujas de terra. E no pequeno espaço do corredor do ônibus, entulhado de gente, o índio, o mais maltrapilho de todos, parecia vir de um tempo antes do próprio tempo, de um reino de sol e ouro, extinto na América.

Mais à frente, o índio desceu e, livre de olhos curiosos e invasores, sumiu na planície. Não era um fantasma. Ou poderia ser, perdido na vegetação rasteira da Patagônia, a meio caminho de lugar nenhum.

A b r i l   2 0 0 3

Claro-escuro

As luzes brancas da cidade feriam a retina, iluminando ruas tortas, becos e encruzilhadas. O céu, um deserto de estrelas. E eu, em noite de automóveis e motocicletas, longa noite de esquinas e olhos úmidos de amarelo piscante, buscava tuas portas.

"Para encontrá-las, terás que atravessar mares, florestas, muralhas de pedra", profetizou, um dia, o chinês do bairro oriental, a única voz, entre tantas, a me dar atenção. Assim segui em meio a rostos anônimos e, sob o mesmo céu, vi mais de mil vezes todas as fases da lua, a garoa miúda empanando o brilho da Catedral da Sé. Circulando de trem na madrugada operária, avistava favelas, chaminés de fábricas, conjuntos habitacionais. E lia, em muros, sonhos pichados de vermelha liberdade.

E quando o dia mais uma vez clareava, todas as cores do mundo vibravam, dissipando fumaça e neblina. Até que, certa manhã, percebi que já atravessara teus portões, tuas esquinas, que há muito conhecia teus jardins, tão diversos, tão distantes. Então pude caminhar sem pressa à sombra de resistentes ipês e quaresmeiras em flor.

(agradecendo ao Ivan pelos seus jardins)

Junho 2003

Cigana

*Nas linhas da tua mão
circulam sinas e sinais do coração*

Dimitri, eu a vi agora, ela me parece bem, tão altiva, caminhando sozinha em direção ao banho de rio, cantando, a voz ainda clara e firme!

Sim, Pablo, mas por vezes parece desatinada, diz palavras soltas ao vento, à mata, aos pássaros. Comprei há tempos uma casa nova, confortável, mas ela recusa-se a mudar desta tenda.

No meio da conversa, Samara volta, aquieta-se, e fica tão próxima a Pablo, que ele escuta a respiração dela. Samara está ali, recostada na almofada azul, a cor que veste também os tapetes. Há uma luz natural filtrada no branco das cortinas transparentes que deixa Pablo ver os detalhes daquele lugar para sempre impregnado da cigana, dos seus ancestrais, costumes e odores. Num canto, as vestimentas antigas, veludos, sedas carmins. Noutro, os violões, as castanholas. Pablo mira o rosto quase diluído da mulher, o nariz agudo, a pele escura. Ela arruma os cabelos brancos no penteado habitual e, alheia à presença dos homens, fecha os olhos e dorme.

Samara pouco se lembra das coisas, Pablo, talvez nunca mais o reconheça. A maior parte do tempo não reconhece ninguém, nem Nícolas, o filho que adora, o único que ainda mora no Brasil. Às vezes, nem me reconhece, e olha que vivemos juntos faz 15 anos!

Faz 15 anos! O tempo é mesmo uma longa viagem! E pensar que muito antes disso, Dimitri, eu vi Samara e seu povo chegarem de navio, falando alto em línguas diversas. Todos quase mendigos, carregando nas costas tantas histórias. Naquele dia remoto, chovia, e as carroças atolavam no barro vermelho, derrapavam. Eu e todas as crianças da cidade em algazarra única com as crianças ciganas. E seguimos a procissão de gente, cães, gatos e cavalos.

E os adultos da cidade não tiveram medo?

Ao contrário das crianças, essas pessoas receavam os mistérios e lendas que se contavam dos invasores, que, indiferentes à opinião geral, abriram tendas às margens do rio. Eu, órfão de pai e mãe, criado por parentes distantes, vi naquelas pessoas, pela primeira vez, a diversidade do mundo. Passei a frequentar o acampamento, ganhei amigos, namoradas ciganas, e Samara, que me adotou como mãe protetora.

Ouvi dizer, Pablo, que ela cativava todo mundo.

Sim, Samara não tinha a beleza das mulheres ciganas, mas quando cantava com os velhos músicos, enfeitiçava. Nas suas histórias ciganas, eu viajava mil anos, desde a Índia, a dispersão pela Europa, a chegada ao Ocidente, ao Brasil. Samara sabia de alegrias, infortúnios, perseguições. Era um livro aberto da memória de um povo.

Dessa memória, Pablo, algumas vezes, ela recorda que trabalhou muitos anos no orfanato da cidade, recita versos, chama pelos filhos. E até hoje ainda lê a mão de algumas pessoas que a procuram na tenda, fascinados com o seu poder de adivinhação.

E ela ainda conta histórias ciganas?

Apenas quando sai do esquecimento, junto às rodas de crianças, na beira do rio.

Quem sabe um dia, Dimitri, eu também entre outra vez nessa roda. Talvez Samara sorria, ao perceber um homem já velho, de cabelos brancos, no meio das crianças. E assim me reconheça e volte a ser a mesma de sempre, minha mestra nos segredos do viver. Aquela que, um dia, leu a minha mão e disse: vai, Pablo, seu destino é cigano.

Abril 2009

Uma visita messiânica

Apareceu numa tarde de sábado. Viera visitar uma das amigas com quem eu dividia o apartamento. Sozinha em casa, ele se apresentou a mim. Chamava-se Jofre, era médico e, enquanto esperávamos a amiga comum que ele conhecia desde criança, comecei a cumprir as formalidades de praxe. Ofereci água, café, bebida; tentei iniciar alguma conversa, em vão. Logo percebi que teria de presenciar um longo solilóquio. O ilustre visitante passou a falar sem parar, a exibir erudição, a se expressar num português arcaico, cheio de *erres* e *esses*, que tornava ainda mais risível o rosto magro com cavanhaque trotskista. Usava cabelos longos, encarapinhados, contrastando com a pele muito branca, realçada pela roupa indiana, de algodão, alvíssima.

Anoitecia, e eu me desesperava com todas as histórias de casamentos desfeitos, filhos pequerruchos traumatizados, militância política dramática, e muita incompreensão da humanidade com as pessoas que são os "gênios sensíveis da raça". Nessas alturas eu já estava conformada com o desperdício do meu sábado, e o estranho visitante, que por sua vez não sabia beber, entornava goles generosos de vodka como se estivesse na Rússia Siberiana. Fazia discurso sobre as questões políticas e sociais do país e do mundo em altos brados e, lá para as tantas, revelou-me seu segredo de estado: era agora o novo Antônio Conselheiro. Milhares de fanáticos em Canudos já o seguiam pelas margens do rio Vaza-Barris. Novo tempo, nova era. Passando mal, pelo excesso de bebida, deitou-se no chão e dormiu, isso depois de mostrar-se revoltadíssimo, quando eu, em uma crise de riso, lhe sugeri escrever um romance sobre a história que acabara de contar.

Já alta madrugada, consegui, exausta, comer alguma coisa e preparar-me para dormir. Nesse momento, a nossa amiga comum chegou e, horrorizada, veio tomar satisfações por eu ter deixado o seu amigo e guru estendido no chão daquela sala fria. Respondi com todo o sono e a maldade acumulados do sábado que assim deveria dormir, viver e morrer o novo Antônio Conselheiro, assim como todos os seus seguidores, inclusive ela. E retirei-me com um seco boa noite.

Agosto 2002

Delícias de abacaxi

Com a mão esquerda, mantenho o prumo; com a direita, a faca afiada corta. Descasco fatias finíssimas, que, adormecidas, darão suco e licor. Depois, retiro um a um todos os resíduos e, por fim, as espinhosas folhas. Deixo assim, sem máculas, a carne dourada e sumosa do abacaxi, cujo aroma perfuma a faca, esparrama-se pela copa, sai por portas e janelas, mistura-se ao cheiro de mata e maresia, me conduz à casa do meu avô. Meu avô que aos sábados, ao voltar da feira carregado de frutas e segredos, os servia a mim, a todos, em sagrado ritual. E ainda agora, de tão distante tempo, me vêm este gosto doce, esta água na boca, esta água nos olhos.

Março 2002

Cena de cinema

Dia de pagamento, agência de banco na periferia, fila enorme, demorada. Quando enfim chegou minha vez, tudo foi interrompido. Sem que fossem interceptados, ultrapassaram a porta-giratória, e, sorrateiramente, começaram o assalto. Chegados ao campo de batalha, carregavam armamento pesado, moderno. Eram muitos, mas só ele, um homem atarracado, traços mestiços, encoberto por óculos enormes, muito escuros, comandava tudo.

Com presteza e habilidade, apontava a cada um dos seus soldados o que fazer, onde e de que modo posicionar clientes, seguranças, caixas, gerentes rendidos, e de que gavetas, do cofre aberto, pegar dinheiro. Percebi que ele sabia de tudo: do tempo necessário para a ação, de todos os detalhes e segredos do espaço, de todos os segredos e detalhes do nosso medo. Tinha o domínio absoluto da situação.

Em determinado momento, contrariando a orientação de manter as mãos para trás e o rosto voltado para a parede, olhei em sua direção. Creio que ele tomou o fato como desafio. Foi a única ocasião em que perdeu o equilíbrio emocional e desferiu para mim, desvairadamente, ameaças de morte. Um dos funcionários, sem que ele percebesse, me pediu, desesperado, para não responder nada. Fiquei imóvel, equilibrista em fio de seda, e o comandante se acalmou.

Depois, do mesmo modo como entrara, partiu com o seu bando. Olhei ao redor e percebi que uma cena de filme de guerra fora projetada em nosso dia, e, no acender das luzes, nos retiramos rápido, silenciosamente.

Setembro 2002

A cinegra-fista

No sol do meio-dia, a praia lotada, mal se pode caminhar. Elisa diverte-se. O calor é forte e tudo acontece em câmera lenta: a bola rola, o menino corre, os banhistas acotovelam-se no quebra-mar. Quando Fernando aparece com seus passos firmes na manhã branca, a lente da câmera turva-se, e os olhos de Elisa fixam-se nos ponteiros do relógio, marcando a hora que passou.

Outubro 2001

Quintais

Dura a vida alguns instantes
Porém mais do que bastantes
Quando em cada instante é sempre.

(Sempre, letra e música de Chico Buarque)

Foram tantos os quintais da minha infância. Mudávamos com frequência, não era possível criar raízes em lugar algum. Mas em cada nova moradia sempre houve plantas no quintal, muitas plantas, que meus pais cultivavam com hábeis mãos de jardineiros, deixando na terra frutos de gratidão.

Trabalhavam dias e dias no solo seco, distribuíam sementes. Fertilizado o chão, iniciava-se o ritual de espera da flora. Depois vinham os cuidados diários com água, adubo, produtos diversos contra pragas e formigas. Eu, muito pequena, acompanhava os dois nos primeiros passos da jardinagem, ofício que jamais consegui dominar.

O mais belo desses quintais pertenceu a uma casa na zona rural de certa pequena estância de clima frio. Nessa casa, já havia pomar, horta, e muitas flores, paixão particular de minha mãe. Para chegar ao quintal, subíamos escadas feitas de pedra, pois o terreno era de barro movediço. De pedra também havia um mágico portal de acesso e canteiros construídos com esmero. Colhíamos folhas de hortelã, alecrim, temperos diversos, tomates fresquíssimos. Uma romãzeira floreava na primavera e sempre me traía com seus frutos vermelhos e travosos. Às vezes, eu me deitava na relva de verde intenso que atapetava os recantos e encantavam-me a variedade de borboletas coloridas, a plumagem dos pássaros cantores.

Hoje, moro num pequeno apartamento. Da minha janela avisto a casa vizinha, os telhados vermelhos, o jardim japonês, e, principalmente, o quintal, um imenso e maravilhoso quintal. Sorrateira, usufruo desse privilégio inexplicável, quase inexistente nos dias que correm. De dia, espio as árvores, as flores, escuto o canto de bem-te-vis e sabiás. Se à noite chove, também escuto as águas, que caem mansas ou ruidosas. E dessa chuva vem um perfume que se mistura à relva, ao pó, e grava-se, infinitamente, mais do que na terra, em mim.

Julho 2008

O amigo chinês

Hoje, a China é notícia pelo crescimento econômico vertiginoso, com seus produtos presentes em quase todo o mundo globalizado. E pensar que nos idos de 1958, Huang e seus pais eram os únicos chineses da minha cidade. Na loja deles, histórias de mar, desenhadas pela senhora Mey, em porcelanas e aquarelas, misturavam-se a chás e incensos que perfumavam aventuras em terras distantes, contadas pelo Sr. Hu. Divertindo-se, meu amigo Huang costumava dizer que seus pais disputavam nossa atenção com Marco Polo, cujas histórias líamos compulsivamente.

Nessas crônicas de viagens realizadas no fim do século XIII, de Veneza à desconhecida Ásia, havia descrições mágicas do palácio do imperador mongol Kublai Khan, do comércio da seda e de pedras preciosas, além da descrição de florestas e desertos por onde o navegante veneziano passou.

Não apenas os relatos de Marco Polo encantavam Huang. Em muitas ocasiões, perdia a timidez revelada no rosto harmonioso, ao descrever, emocionado, a sua Macau, mandarim e portuguesa, banhada pelo mar e pelo rio das Pérolas, bem diferente da turística Macau moderna, tomada por bares, festas, cassinos.

Lembro-me do dia em que Huang chegou ao colégio e da curiosidade que o estrangeiro que falava tão bem português despertou nos colegas de classe. Fizemos mil perguntas, que ele respondeu com peculiar gentileza, conquistando, assim, o respeito da maioria. Mas apenas eu me tornei seu amigo inseparável. Comigo confidenciava a saudade da terra, a dificuldade de recomeçar.

"No futuro, não quero ser este nômade que é meu pai. Quero voltar ao meu porto e nele viver para sempre."

Não soube se este futuro aconteceu. Huang, aos poucos, desinteressou-se pelo colégio e, por fim, abandonou-o. Tornou-se esquivo, indiferente. Trancava-se em casa sem querer ver ninguém ou perdia-se por horas nas ruas da cidade.

Tempos depois, acabou internado. Os médicos disseram aos pais de Huang que o mal do menino não era físico, mas geográfico. Depois de tantas viagens, de tantos povos e costumes diferentes, Huang sentia-se filho de país nenhum.

O senhor Hu e a senhora Mey não pensaram duas vezes e partiram, sem despedidas.

Agosto 2008

Pequena mensagem ao Chico Buarque

São Paulo, 22-11-2003.

Querido Chico.

Esta carta envio pela agência dos correios mais perto de casa. Carta à antiga, envelope verde e amarelo, selos, carimbos, registro. Talvez, ao recebê-la, ache-a aborrecida, intrigante, ou coisas assim; ou talvez entenda o capricho fora de moda da minha pessoa.

Hoje, ao ouvir no rádio a sua voz, que muitos dizem desafinada, contando e cantando tantas coisas, pensei no tempo que vivenciamos, já tão longo, quase sem fim.

Tempo em que cantamos juntos a alegria de carnavais ou as tragédias do cotidiano. Em que cantamos os amores baratos, os discretos, os guardados. Em que cantamos a dor e a arte, a sua arte, a arte de homens e mulheres atravessando mares, chão de esmeraldas, girando, girando.

Sonhos e cores dos olhos de um poeta.

Estradas de vento

A chuva da madrugada refrescou a manhã. Na terra molhada, em passos silenciosos, eu caminhava. Para disfarçar a pressa da fuga, trazia comigo a enxada do trabalho no eito. Precisava chegar à cidadezinha mais próxima, tomar o primeiro ônibus para qualquer lugar e dali seguir ao meu destino final. Queria estar longe, quando os da casa acordassem, fugir daquele destino igual ao de todo mundo do lugar. No dia em que vim embora, tentava esconder de mim o choro que me traía em soluços secos. Olhei pela última vez a estrada de barro vermelho e o canavial era um mar de ondas serenas e silêncio.

Hoje acordo nesse quarto subterrâneo, sem janelas, ventilado apenas por um buraco no alto da parede. Um quarto, um submarino em mar profundo e escuro, até um pouco de luz me avisar do amanhecer. Desperto um tanto estranho, talvez porque aos domingos há menos barulho e o silêncio obriga a gente a pensar. Nos dias comuns, o trânsito estremece a rua estreita, não consigo ficar aqui um minuto. Mas existem certas vantagens nessa minha cela: aluguel barato, é pertinho do Centro, sempre arrumo o que fazer. Além disso, não tenho de aturar ninguém, dividir quarto com desconhecidos. Amigos, aqui? Não sei se tenho. É verdade que troco, com um ou outro, palavras no café, na fila dos banheiros da casa.

Perdi as contas do tempo que estou nessa cidade. Fui ficando, ficando, fazendo bicos aqui, acolá, trabalhos temporários sem muitas promessas. No início, até estudei um pouco em cursos noturnos, no tempo de metalúrgico e sindicalista. Depois a crise chegou com demissão em massa. Fui para o olho da rua.

A Sr ª Vilma é a dona desse sobrado antigo, "cheio de glórias do passado", costuma dizer. Aparece por aqui todo final de mês, com ares de grande dama, é de morrer de rir o jeito dela. Imagine só, essa conversa fiada aos moradores de uma pensão de migrantes sem dinheiro.

Hoje sou mesmo um cigano. Já vi leva de gente que vai embora, depois tem de voltar. Sei de tantas histórias tristes. Por isso vou ficando. Talvez precise casar. Me apaixonei umas vezes, conheci Zilda, virou minha cabeça. Ela caminhava ao sol, era alegre, muito branquinha. Faz algum tempo que sumiu, não sei se volta. Por enquanto me divirto por aí, nas mesas de bar, na sinuca, com as meninas da boate.

Hoje é domingo, o dia está cinzento, chuvoso. Já é tarde, mas preciso sair, vai me fazer bem, talvez. É preciso caminhar, caminhar sempre, sentir o vento no rosto, enquanto se abrem as venezianas da manhã.

Margaridas

Conheci o velho Josias sempre a cuidar de seus jardins, ora em casas simples ou sofisticadas, ora em praças e obras públicas. Entendia tudo de plantas, um artista, no seu trabalho, mais do que respeitado. De tudo que cultivava, sobressaía a paixão que dispensava às margaridas, que, em suas mãos, desabrochavam exuberantes.

Nos fins de tarde, no descanso do trabalho, contemplava orgulhoso a flor, as pétalas alvíssimas, o miolo amarelo feito um sol iluminando o chão. Certo dia, um biólogo explicou-lhe que no miolo da flor estava o pólen, que o miolo da flor era o cerne da eternidade. Josias não entendeu nada, mas concordou. Para ele, uma flor era uma flor, um dos seres mais bonitos do mundo, assim como sua mulher e suas filhas.

06 / 12 / 2006

Paris, do lado de lá

No primeiro momento me encantou a voz. "Pardon, mademoiselle", ele repetia, depois de tropeçar e quase me levar ao chão. Estávamos no corre-corre, numa dessas ruas apinhadas de gente, no comércio de subúrbio. Na verdade, havia sido eu quem atrapalhara a passagem dele. Olhava distraída, como de costume, para aquele céu azul de Paris, em pleno inverno. Era o mesmo céu da minha cidade longínqua, o mesmo céu dos dias de sol e seca perenes dos sertões do Brasil.

Quando ele se desculpou pela terceira ou quarta vez, apressei-me aflita a dizer ao desconhecido que não me devia nada, que a culpa do incidente era minha, e tantas outras coisas, que nem me recordo agora. Estava nervosa e, sem perceber, desatara a falar em português.

"Então aceite um café", falou ele, também em português, um sorriso no rosto de traços marcantes e pele escuríssima. "Sou de Moçambique. E você de onde vem, tão branquinha e falando a minha língua?"

Começou ali a nossa história. Yassin, este era o seu nome, foi um grande encontro. Nos fizemos bem, nos misturamos no dia a dia de trabalho e afeto. Moramos juntos 8 anos, 5 nesta casa, que construímos e organizamos aos poucos, com nossas pequenas economias. Houve um tempo em que estava sempre cheia de gente - colegas de trabalho, amigos meus e dele, franceses, africanos, brasileiros.

Mais tarde passamos a gostar de programas mais tranquilos ou de ficar em casa, um com o outro, em conversas sem fim. Em geral, à noite, após o jantar, eu preparava o chá, enquanto ele trabalhava em seus quadros. O cheiro de ervas e flores da infusão misturava-se à fumaça doce do haxixe que ele fumava em tragadas profundas. A noite aquecia-se de nossas histórias e lembranças.

No trabalho, tive sorte desde o início. Conheci o Sr. Jean, que me levou do Brasil para o seu restaurante e me fez estudar. Sou muito grata a ele e procuro retribuir à altura. Aprendi a língua, tornei-me especialista na culinária francesa. Ao contrário, Yassin não tinha especialização e trabalhava duro na construção civil ou em outros trabalhos temporários nos meses de verão. O que ele pretendia e nunca alcançou era sobreviver de sua arte. Jogava na tela as cores e luzes da África, era um apaixonado artista de sua terra, mas amava Paris. Conduzida por ele, conheci a história e a arte de cada ponte, de cada igreja, de cada monumento da cidade. No fim de semana, às vezes participávamos de encontros de artistas de rua em Montmartre. Eram domingos memoráveis.

Aos poucos, essa nossa Paris de felicidade começou a diluir, a virar a Paris do subúrbio decadente, de imigrantes pobres, sem emprego nem ilusões. Alguns se envolviam em pequenos delitos; outros, no tráfico de drogas. Se a polícia aparecia no bairro, tratava qualquer um feito marginal ou terrorista. Yassin entristecia. Sem emprego, tentava vender seus trabalhos em locais turísticos não permitidos. Numa dessas ocasiões, foi abordado com violência por um policial. Reagiu e, levado algemado para a delegacia, permaneceu preso por mais de 6 meses.

Quando saiu, estava abalado, quase destruído. Não arranjava ocupação, não produzia. Tentamos, eu e amigos mais íntimos, resgatá-lo, em vão.

Uma noite, há meses, me abraçou longamente. "Preciso ir embora." E pegou sua pequena mala.

"Pardon, madam; pardon, madam", dizia repetidamente, enquanto se afastava devagar. Na sala, o perfume do chá, a fumaça do haxixe. Sua bela voz ressoava no silêncio.

Fui à janela, até vê-lo desaparecer na rua deserta. Fazia um frio intenso e o céu da noite de Paris estava azul, salpicado de estrelas.

26 / 03 / 2008

Respingos de azul

para Joi

A praça do Marco Zero do Recife é um oásis onde a brisa sopra mansamente em manhãs azuis. Quando a cidade vira um deserto escaldante, sem caminhos, a praça surge cheia de água, brisa e navios de sonhos.

Mais tarde, ao anoitecer, o Marco Zero respinga mar e estrelas. Nossos olhos incrédulos espiam o cais, que conduz a um tempo sem nome, sem verbo. Um tempo apenas vento, vagas, verso.

E por um breve instante, somos sós, e completamente felizes.

28 / 02 / 04

História

"Minha bisavó chegou a viver no cativeiro, eu quase não me lembro, mas ela contava histórias..."

Luanda acordou com impressões e lágrimas de um sonho. Nele, do mesmo jeito costumeiro que fora em vida, a bisavó narrava passagens da época de escrava.

1. Angola

"Na África vivi com minha gente em pequenos povoados. As pessoas trabalhavam na lavoura, cuidavam dos rebanhos e se ajudavam umas às outras. Quando não havia lutas com outras tribos, nós, as crianças, corríamos em bandos, livres feito os pássaros coloridos do lugar."

"O sol grande, vermelho, iluminava os caminhos nas brincadeiras da meninice. As crianças nunca se perdiam. Medo, só da mata fechada, de árvores muito altas, tão altas que encobriam o céu. Lá moravam todos os bichos."

"Na época de chuva e de boa colheita, nossos deuses eram louvados. De corpos pintados, mascarados, por dias seguidos dançávamos, em grandes rodas, a festa de fartura dos alimentos."

"Tinha 10 anos quando os inimigos nos arrancaram do chão. Os tambores de guerra ressoaram por longo tempo. Até hoje escuto."

2. A travessia atlântica

"Eu, o pai, a mãe, o calor do abraço deles. O resto era calafrio, enjoo do mar, gosto de ervas amargas. Naquele porão, os olhos se fechavam doentes, sem a seiva da luz, talvez porque eu não queria ver os mortos, mas eles estavam ali, recostados a mim."

3. O porto

"Poucos da aldeia resistiram à viagem. Aqui chegamos sem ter noção do nosso destino. No dia seguinte, num pátio de mercado, fomos separados e vendidos. Por sorte, me deixaram seguir com meus pais."

4. Escravos

"Fomos levados a um engenho muito distante. Minha mãe e eu fomos para a Casa Grande; o meu pai, para os canaviais. A mãe ensinou-me tudo, principalmente, a cuidar da casa e das crianças brancas."

"De noite na senzala havia rezas, outras vezes dança ao som de tambores para a gente nunca esquecer nossa nação."

"Quando me fiz mocinha, depois dos afazeres, escondia-me nas plantações da fazenda, descansava um pouco de tanta lida e do abuso dos homens. Gostava do banho de rio, de pisar no mato que cobria os morros e campinas, gostava sobretudo do engenho, do cheiro e do gosto do mel."

"Meu pai viveu pouco, trabalhava no eito, cortava cana de sol a sol. Era rebelde, guerreiro, chegou a ser castigado no tronco. Depois de um tempo bateu nele uma tristeza sem fim, foi ficando doente, delirava em nossa língua, pensava estar na África. Minha mãe era forte, mas depois da morte do pai nunca mais sorriu."

"Cresci escrava, quando veio a libertação, minha vida não mudou quase nada. Com a alforria, preferi o trabalho no campo e no engenho. Gostava de ver a cana virar açúcar."

5. Neste chão

"Minha menina, não sei se fui deste, daquele ou de lugar nenhum. Mas aqui deixei meu riso e minha dor misturados nos grandes tachos de mel, misturados à terra vermelha, às águas, às plantas. Neste chão ficaram meus pais, filhos, netos, tantas pessoas que amei."

Luanda caminhou até o canavial, e, por longo tempo, contemplou o voo perene de todos os pássaros.

10 / 10 / 2008

Tempo de jabuticaba

De ouvir adultos e crianças falarem delas, de vê-las impressas em quadros, poemas e canções, preciso confessar. Pode ser um grave pecado, para quem, por profissão, talvez devesse conhecer um pouco da ciência das plantas, mas corajosa afirmo sem meias palavras: até hoje não conhecia uma jabuticabeira.

Intriga-me que a jabuticaba, pobre frutinha sem graça, que parece uva, mas não é, que não tem perfume nem sabor, faça tanto sucesso. Bem, vou parar por aqui, se não serei acusada de discriminação pelos ambientalistas. Logo eu, amante da natureza, nascida em uma região onde os deuses presentearam o povo com algumas das mais belas e fogosas frutas do planeta.

Para não parecer tão radical, pedi a Ademilda, sertaneja que viveu metade da vida no trabalho da roça, mãos de fada para fazer desabrochar qualquer fruto, qualquer flor, que me apresentasse à jabuticabeira. Saímos andando por aí e para minha surpresa encontramos várias. E tive uma aula de botânica do jeito mais bonito. "Veja, Maria, a árvore é esta; cresce muito, oferece bela sombra, os frutos amadurecem colados ao tronco, diferente de outros." Ademilda seguiu a me contar detalhes da melhor terra de plantio, da hora de podar os ramos baixos, da colheita.

Hoje, ainda bicho urbanoide, enfim aprendi. É quase tempo de jabuticaba, pois é quase verão. E surpreendentemente, a frutinha inodora, de casca negra e polpa branca, me traz, aos poucos, um perfume de outras terras, com suas árvores, seus frutos pendentes, aze-dos, amargos ou doces, ao alcance da mão de qualquer peregrino.

25 / 10 / 2003

De sonhos, peixes e estrelas

O sol àquela hora tingia o parque e o lago de luz dourada. Renato parou, descobriu que, sob aquela luz, o lago era, na verdade, um pântano, onde os peixes nadavam devagar, quase mortos. Ele recordou o quadro que vira na exposição: "O peixe que comia estrelas cadentes". Peixe grande, prateado, imerso na tela azul. Pensou no contraste do quadro com os peixes daquelas águas lodosas.

- Os peixes estão lentos, pesados, estão se afogando - disse em voz alta.

Um velho japonês, que estava por perto, sentou-se ao lado de Renato.

- Concordo com você.

- Não entendi, senhor...

- Toshio, me chamo Toshio.

- O senhor disse que concorda comigo. Com o quê?

- Quanto aos peixes do lago. Estão morrendo, estão se afogando.

Renato lamentou ter que conversar com um desconhecido. Queria ficar quieto, sozinho. Mas diante da encurvada figura do japonês, estacou. Toshio tinha um sorriso tão afável, que desmanchava a dureza do rosto enrugadíssimo. Falava baixo, num sotaque forte, gutural, próprio dos velhos imigrantes da sua terra.

- Sou piscicultor, vivi minha vida entre os peixes. Sou quase um deles - disse sorrindo -, mesmo quando morava no Japão. Cheguei por aqui na época da Segunda Guerra. E você? Desculpe se não o chamo de senhor. Deve ter a idade do meu neto. Pelo que vi também gosta dos peixes.

- Sim, quer dizer, mais ou menos, acho que eles são muito silenciosos. O silêncio deles me perturba. Gosto de pássaros, parecem mais felizes do que os peixes.

O homem olhou Renato surpreso.

- Interessante seu ponto de vista, nunca tinha pensado nisso.

- O Sr. já ouviu falar de uma história de peixe que come estrelas?

O japonês espantou-se com a pergunta e respondeu que não.

Renato sorriu. Por certo, seu Toshio, nesse momento, imaginava ter encontrado um lunático em pleno sábado.

- O Sr. me desculpe, às vezes falo muito, me acham meio maluco. Mas nesse caso, acho que tenho razão. Não está dito em lugar nenhum que estrela seja comida de peixe, mas, veja bem, as estrelas cadentes são meteoros, poeira do cosmo, resíduos que terminam dentro do mar.

- Em primeiro lugar, não acho você maluco, muito pelo contrário. É um jovem inteligente, cheio de ideias. Será um ilustre cientista no futuro. Quanto a mim, tenho apenas o conhecimento prático. Não posso esclarecer suas dúvidas. Quem sabe nos vemos outro dia.

Sem perceber que o Sr. Toshio partira, Renato continuou suas divagações. Se a origem de todos os seres vivos é a água, um dia fomos todos criaturas marinhas. Estamos, sim, impregnados desse alimento cósmico nas células, nos espaços microscópicos do corpo.

Abriu os olhos, a Lua alta, o céu encoberto, sem estrelas. Consultou o relógio e apertou o passo na rua deserta.

Madrugada de deuses e santos

Um véu de neblina ainda cobre os edifícios, o vento arrasta as cortinas de renda, as folhas de outono, cães ladram em queixume.

Abro a porta do apartamento. Na rua deserta, quisera perder a inocência, chapinhar na lama das pocilgas e, na sua substância negra, misturar-me à solidão da última estrela.

Depois, esperar o toque do sino, a primeira missa, o cheiro do dia.

18 / 12 / 2010

A Terra é azul

1 "1986. Após 76 anos, o cometa Halley aproxima-se da Terra à distância de pouco mais de 63 milhões de quilômetros", dizia na TV o locutor do jornal da noite. "Surgirá no céu feito um chumaço de algodão iluminado, visível de binóculos longe da iluminação artificial das cidades." Mas isso não aconteceu, lembrou-se Alfredo. Quase ninguém viu. A frustração geral só diminuiu um pouco com a divulgação de fotografias do cometa, enviadas à Terra pela sonda espacial Giotto.

Perplexo, Alfredo constatou a verossimilhança dessas imagens com tudo que vivenciara há 20 anos. "Agora a tecnologia apresenta o cometa em sua majestade, pena que banalizem tudo." Sua mulher, na sala contígua à da TV, ouviu Alfredo conversar consigo mesmo, e, aflita, veio perguntar se falava sozinho de novo. Ele sentiu o pulso acelerar, as mãos tremerem, porém, conteve-se. Nunca mais discutiria a respeito de determinados assuntos com ninguém, nem mesmo com Luci. Não gostaria de novamente levantar suspeitas sobre a sua saúde mental, objeto de tanta polêmica na família, no trabalho, entre os amigos.

Ele caminhou até o escritório, reviu seus papéis, artigos, livros e reportagens premiadas do jornalista de renome que se tornara. Mas nada se igualava ao que para ele era o seu mais precioso documento, o bloco de anotações que continha o seu Diário de Bordo. Pegou-o no fundo da gaveta. Na época em que o escreveu, estava iniciando os estudos de pós-graduação. Tentou inutilmente publicá-lo em revistas científicas, apresentá-lo em congressos. "Alfredo, isso é ficção. Vão te chamar de louco." Desistiu, guardou o Diário. Às vezes o relia como se fosse um poema. Uma paz luminosa o invadia e tudo ficava mais simples na imensidão.

12 de outubro de 1969

Não sou astronauta, nem cientista, nem matemático. Se alguém me perguntar como vim parar aqui e o que faço nessa nave espacial, jamais saberei responder. Sei que estou absolutamente feliz. Não sinto medo nem solidão. Longe, muito longe, vejo a Terra, e, sim, "a Terra é azul", repito Gagarin. Sou o único passageiro, conduzido por comandantes invisíveis por esse espaço sem fim.

Dessa viagem cósmica, despertou no hospital. Os enfermeiros, surpresos, foram chamar o médico. "O paciente voltou da anestesia eufórico, diz que viu o cometa Halley." O médico examinou-o, não constatou nada de mais, afinal, aquela era mesmo uma boa noite para ver estrelas no céu.

E mesmo depois de o homem pisar na Lua, de os ônibus espaciais planarem na atmosfera e de Alfredo ganhar filhos, seu Diário de Bordo não envelheceu. E antes de devolvê-lo mais uma vez ao fundo da gaveta, a sua última página era sempre um convite a voltar à primeira.

14 de dezembro de 1969

A Terra é azul e, apesar de distante, continua a ser minha referência nessa viagem. A Terra é azul e quero voltar a olhar suas águas, seus

bichos e flores, suas pessoas. Mas ainda não.
Agora passa o cometa Halley e só eu o vejo. É
belo em sua cauda infinita. Leveza e luz.

11 / 03 / 2007

Espantando fantasmas

Tenho comigo sérias dificuldades para enfrentar conversas de morte, vidas passadas, vidas depois da morte etc. e tal. Acontece que às vezes sou assaltada por dúvidas. Isso deve ser comum, mas se torna contraditório, quando assumimos uma postura cética e, ao mesmo tempo, temos a certeza absoluta de que um dia já vimos fantasma. Pois esse é o meu caso. Asseguro que vi.

Estava na mais tenra idade, quando, certa noite, sentou-se na minha cama uma senhora estranha, que nunca vira nem conheceria em tempo algum. Cabelos negros e compridos, véu e vestido muito brancos, o estereótipo de gente do outro mundo. Mas eu, tão criança, não estava a par do vestuário das almas penadas e, assim, a visitante não poderia ser uma simples figura do imaginário. Fiquei a noite toda tagarelando histórias que a faziam sorrir de modo terno e muito silencioso.

Não precisa dizer a confusão que se armou no dia seguinte, após eu perguntar quem havia chegado à noite. Todos se surpreenderam. Eu não tive noção do espanto que causaria ao descrever a senhora da noite, principalmente, na cozinheira Jurema, pois a minha visitante noturna era retrato fidedigno de sua mãe. Aliás, naquele momento, Jurema arrumava as malas para viajar à sua cidade natal: recebera a notícia do falecimento da mãe.

Por muito tempo, essa e outras histórias de assombração conviveram com os ritos religiosos da minha formação católica. Depois, investi em algumas outras religiões, mas aos poucos não tive mais interesse nelas; não me convenciam de nada. Confesso que muitas coisas continuam a me intrigar e tenho vontade de crer em algo ou alguém que explique essa nossa existência de terráqueos desgarrados. Às vezes penso em estudar filosofia, antropologia, teologia e o diabo a quatro, para ver se entendo ou se aparece um pouquinho de fé. Mas aí, como diria Macunaíma, me dá uma preguiça! E assim vou vivendo minha vidinha. Se tiver algo além, vejo quando chegar lá. Por enquanto, mal tenho tempo de botar para correr os feios fantasmas do dia a dia que insistem em nos perseguir. Eles assustam de verdade e nada têm a ver com o simpático e cordato fantasma daquela noite distante.

Setembro 2002

Antônia

Sentada diante do espelho, enxergava o marido, acamado em seu sono de quase 3 anos. Via a imagem de Nossa Senhora, iluminada pela vela de luz perene. Esperava um milagre, pedia à santa que não a abandonasse. Tinha medo de perder a fé, a paciência, a vontade de trabalhar nos dias quentes da lavoura.

Às vezes pensava até em largar filhos e marido doente, desejava que João morresse, ficasse livre daquele sono misterioso. Caía em prantos, temia afrontar Deus e o próprio destino. O médico sempre lhe dizia que João poderia curar-se. Esperançosa, abria portas e janelas, conversava com os vizinhos, cantava cantigas para os filhos, adormecia com eles.

Mas o espelho, antes polido, nítido, aos poucos descamava, e a fissura, em sua superfície, cada vez mais distorcia o rosto de Antônia. Um dia, antes de o espelho quebrar-se por inteiro, Antônia viu refletida a sua magreza extrema, os olhos opacos, enormes, a pele marcada de sol e vento. Já não conseguia pentear os cabelos, longos de promessas, emaranhados, cobertos de nós. Era tempo de estio. Antônia se percebeu árvore, seca e desgrenhada, no chão poeirento daquela casa no fim do mundo.

02 / 09 / 2005

Luz de domingo

Não sei o quanto ficou em mim daquele domingo distante. Vento e chuva, a luz na janela a espiar nossa intimidade, desgarrada dos ruídos da rua e da tarde, que se tingia em poentes. E nós, em doce embriaguez de vinho, em discussões inocentes sobre o destino do mundo, dançávamos, brindando às flores tropicais, sem medo de que o tempo levasse suas cores.

Hoje o vento arrasta em redemoinho as folhas secas do jardim, faz trepidar portas e janelas e a tempestade arranca árvores, inundando casas, reclamando a terra.

E depois da chuva, na tarde modorrenta, a espreitar nossos destinos, a mesma luz na janela.

Fevereiro 2003

Sempre aos domingos

Prima de meu pai, mas com idade para ser mãe dele. E para talvez suprir a ausência das avós legítimas que não conheci, adotei-a como tal. Nos adotamos: ela, solteirona sem filhos; eu, a segunda de uma prole numerosa. Aos nove anos, calada e tímida, eu era feliz com aquela avó postiça a me cobrir de mimos. Me fazia de anfitriã perfeita, quando ela nos visitava, sempre aos domingos, dia em que meus pais tinham mais tempo para conversar e almoçar juntos.

Aos poucos, conheci sua história, não por ela, que me presenteava com aventuras fantasiosas e contos de fada, mas por meu pai, de forma direta e realista. Não se sabe por que não herdara pensão nem bens, vivendo do favor de primos abastados, que, alternadamente, a hospedavam. Meu pai não se conformava com o destino daquela mulher de educação esmerada, vida de princesa, que se vestia sempre de preto, em um luto definitivo pela morte da mãe.

Eu ouvia, desconfiada, tios e primos frisarem o temperamento passional dela, a vocação autoritária, digna de senhora que um dia tratara com escravos. Alheia a todas essas controvérsias, me encantavam sua elegância e altivez.

Assim, todo domingo bem cedo, eu ficava à sua espera na varanda, o coração acelerado. Me trazia cajás, cajus, mangabas, "colhidas no pomar, cedinho, antes da missa, disputando com os pássaros", brincava. E no calor da manhã e do seu vestido negro, mais perfumado de frutas do que de lavanda, nos abraçávamos.

Julho 2003

Círculos

Finalmente cumprindo as tão recomendadas caminhadas, contorno por quase uma hora a praça do bairro. Não sei se poderia chamar de praça este espaço devastado, com pouca relva e esparsos eucaliptos. Mas resolvo chamá-la assim. A cidade acordou faz tempo. Um trânsito pesado já turva todos os sentidos. Nas bancas de revista, os jornais, as manchetes, o dia, o medo. Melhor não ler.

Da padaria, vem o cheiro de pão, de café. Cheiro de manhãs frias da infância. A mãe preparando a comida, as panelas fumegantes, o vapor perfumando a cozinha, a sala de jantar. Crianças à espera, algazarra à mesa. Docemente a mãe chegava e aquecia tudo com o seu alimento.

Na praça, revoada de pássaros, adolescentes barulhentos, roda de velhos, jogos de cartas, crianças ao sol. Mulheres e homens em passos lentos, em passos rápidos, a passeio, a trabalho. Ônibus apinhados, rostos sonolentos, olhares distantes. Agora, chuva fina. Essências de mato e flores descendem da terra molhada. Minha cabeça gira pela manhã. Gira o tempo, vai e volta, vem a vontade de viver outro tempo, pés descalços, mata adentro, rio afora. Olho o relógio, estou atrasada, perdida neste tempo marcado pelas horas de um relógio trivial.

Maio 1998

Neblina e silêncio

Roseli percebeu o ônibus vindo na contramão; o marido, ao volante, tentou uma manobra desesperada. Em fração de segundos, os dois em silêncio, olhos dilatados, a mata verdíssima, o chão, o céu, o carro no ar, o latido desesperado de Bob.

Sérgio, será que vai dar praia neste fim de semana?

Roseli ouviu apenas o eco prolongado da própria voz. Parecia um sonho, deitada no meio daquele precipício, cercado de árvores e montanhas. Mas logo se deu conta do acidente. Fora jogada do carro, que estava a poucos metros dela, com rodas para cima, portas escancaradas. "Tudo aconteceu há pouco tempo", pensou. O novo CD de Chico Buarque, cujas músicas sabia de cor, ainda tocava nas ferragens, mas avançara algumas faixas. A cabeça doía, empapada de sangue. Não viu o marido. Por certo fora buscar socorro; era preciso manter-se quieta. E Bob? Lembrou que o cão viajava solto no banco de trás. Inutilmente, tentava enxergá-lo na paisagem coberta de neblina e silêncio. Gritou por ajuda até que a voz virou um fio, misturou-se à de Chico e ao sopro do vento. Adormeceu observando o azul do dia que despertava, "um céu de brigadeiro", o pai repetia desde muito longe.

Sobre as árvores de copas altíssimas, Roseli ouviu, dias e dias, o ruído do motor de um avião. Talvez a procurassem. Enquanto isso, caminhava do jeito que um ser mais primitivo deveria caminhar e sobreviver. A mata espessa de um lado, o mar bravio do outro. Sem rumo, sem lembranças, sem noção de perigo. Nada sabia do marido morto, do cão morto, muito menos da filha, que muito longe ansiava um reencontro.

Nunca se sentira tão desmedida, sob sol, chuva, nos banhos de rios transbordantes, nas pequenas ilhas de pedra, sal e peixes. No alvorecer, encantada, acordava com os pássaros; dos animais perigosos, precavia-se, entendendo aos poucos o alvoroço harmonioso da floresta.

Com o tempo, emagreceu, picadas de inseto, ranhuras de galhos e pedras tornaram sua pele áspera. Ao perderem a falsa cor, os cabelos afloraram desbotados, em fios ruivos e brancos. Se visse, em espelho, a própria imagem, não seria descabido achar-se mais bonita.

À noite, ao adormecer, era tomada por certos tremores, estranhamentos. Acaso sonhasse com o sobrado no subúrbio, sempre limpo, organizado, onde vivia desde o início do casamento, em cujos últimos meses, ela e Sérgio brigavam sem parar, se entristeciam, sem coragem de romper. E Rita, a filha mocinha, sempre a exigir tantos cuidados. Para esquecer a rotina, Roseli refugiava-se na casinha de praia. Lá, perto do mar, da música, ficava em paz, mesmo porque marido e filha nem sempre a acompanhavam.

Sim, talvez sonhasse com o passado na noite escuríssima da floresta. Mas de manhã estava outra vez vazia de lembranças ou presságios.

Um dia, no coração da mata, deparou-se com um grupo de nativos meio negros, meio índios, de pouca fala. Não foram hostis. Deram-lhe comida, abrigo, e ela foi ficando, ficando, passou a ser um deles.

Não demorou muito, desejou um dos homens e o amou com amor natural, amor de corpo virgem e selvagem, cuja alma nunca houvesse sido marcada com cicatrizes.

Roseli virou nômade, andarilha, um ser da floresta feito os outros nativos. Falava pouco, mas às vezes cantarolava longas canções do Chico, nas quais se encontrava e, outra vez, perdia-se.

O vestido de Natal

A mãe pintava o vestido de corte oriental e a menina, chorosa, abraçava-se a ela, insistindo em ficar. A mãe sorria e, meio cúmplice, concordava. Ali ficavam as duas, noite adentro, na pequena sala de costura. Mãos hábeis, traçando tranças, rostos, flores, a mãe misturava tintas e pincéis, sem se aperceber do cansaço do dia. Encantava-se a menina com a luz dourada que se filtrava da rua, iluminando a seda azul. Às vezes, uma brisa leve espalhava pela sala o cheiro de tinta e terebintina. A menina, meio tonta, adormecia, e na paisagem chinesa do vestido, dançava danças de roda, ouvindo ao longe a mãe em cantigas de ninar.

Setembro 2001

Uma história do Oriente

É outono, mas lá fora há o frio de inverno. Saboreio o chá de laranja e especiarias e, celebrando a noite e seus pequenos contentamentos, ligo a TV. Troco de canais muitas vezes e, por fim, sintonizo um telejornal. Nele, o repórter informa que, em uma festa de casamento em Bagdá, houve um bombardeio, no qual morreram os noivos e a maioria dos convidados, incluindo várias crianças.

Na versão oficial do militar entrevistado, vários suspeitos de terrorismo encontravam-se no local, onde também se guardavam armamentos. Mas segundo o repórter, existiam evidências de que as autoridades confundiram os fogos de artifício da cerimônia com um ataque das milícias rebeldes.

Nas cenas, mulheres de véu cantam abraçadas, homens gritam, todos correm aterrorizados na inútil tentativa de salvar os feridos ou identificar parentes entre os corpos tombados no árido solo.

Desligo, rápido, a TV, mas a notícia fria paira sobre a noite. Posso ouvir o canto fúnebre das mulheres árabes, o ritual de lamento e desolação no branco do deserto.

Insone, tento me aquecer com outra xícara de chá doce, e, quem sabe, sonhar, habitar histórias de mil e uma noites ou contos de fadas em que os noivos são felizes para sempre.

22 / 05 / 2003

Um piano ao longe

Um dia eu quis ser pianista. Não sei se influência da minha mãe ou pura fantasia de criança. Na ocasião, nada existia de mais real para mim. Os tempos eram difíceis; os irmãos, muitos.

Meu pai, um pouco assustado, explicou a impossibilidade de comprar um piano e pagar estudos de música. Se hoje o entendo, na época me debulhava em lágrimas. Minha mãe, com sua experiência musical, sugeriu que eu e a irmã mais nova iniciássemos os estudos, mesmo sem piano. E ele concordou.

Passamos a dividir os dias em casa, na escola e no conservatório, um antigo casarão de salas amplas e corredores sombrios, pelo qual me apaixonei. O tempo disponível para estudar as lições limitava-se a algumas horas por semana, pois outros colegas também treinavam no mesmo piano desafinado, escondido num cantinho distante, para não atrapalhar a rotina das aulas. Permanecíamos lá, à tarde, circulando pelos variados espaços, imersos na diversidade sonora de pianos, violinos, violoncelos, do canto coral.

O nosso mestre e diretor, personagem memorável, era um italiano que chamavam de louco. Sobrevivente da Segunda Guerra, comportava-se de modo dramático e nervoso. Por vezes, intimidava os alunos com gritos; outras vezes, emocionava-se com o virtuosismo de alguns.

Mas continuar os estudos sem piano era um sonho impossível. E esse sonho tornou-se inviável, após 3 anos, quando transferiram meu pai para outra cidade.

Ainda lembro o professor na despedida, debruçado na janela do conservatório: "*Não deixem o piano! Non lasciare il piano!*", e lá ficou, repetindo a frase, na bela voz de tenor que encantava todos.

Hoje, caminhos depois, se não sonho mais em ser pianista, ainda quero um piano. Percorrer as teclas, o labirinto das partituras, notas e claves. Na ponta dos dedos, tocar a música, sua substância etérea: compasso do tempo, memória do mundo.

17 / 04 / 2004

Música no parque

"Por favor, desçam das caixas de som. O concerto já vai começar." Assim falava o apresentador a alguns ardorosos populares que insistiam em ver mais de perto a orquestra, tão circunspecta em roupas e atitudes. Apesar desse tipo de atropelo, sempre que posso vou a concertos em parques e convido os amigos. Esse pacto silencioso de maestro e músicos, interrompido, às vezes, por aplausos fora de hora da plateia, fato tão diferente daquela perfeição de salas de concerto, é algo que rompe a sisudez, os protocolos, faz fluir a diversidade.

Alguns estudantes de música anotam todos os movimentos e silêncios, o bebê ensaia os primeiros passos, e a moça, vestida de festa, envolve-se num xale, parece cigana, parece *Carmen*, de Bizet.

O vento leva e traz os acordes da música de tempos e lugares remotos, arrepia o lago, a pele, e, momentaneamente, interrompe o trabalho dos garis.

Em todo final de concerto, quando o público aplaude emocionado, e os músicos agradecem, penso que subvertem as leis da natureza. Naquele instante, vejo refletidas em suas vestes negras todas as cores e luzes que brilham no parque.

Agosto 2002

Antes dos hippies

Duas casas depois da minha, um sobradinho de terraço amplo e jardim de rosas perfumadas. Ali morava Dona Alice, mais ou menos 80 anos, cabelos brancos, desgrenhados, em roupas e chapéus de variados modelos e tecidos, que pareciam de outra época. Cuidava de flores e passarinhos com a mesma naturalidade com que vendia, de casa em casa, trabalhos artesanais, pinturas e bordados. Às vezes recebia visita de filhos e netos, mas em boa parte do tempo viajava mundo afora.

Corriam histórias variadas do seu passado: a beleza mágica, os inúmeros amores que escandalizaram a sociedade do seu tempo, o marido rico que largara por um forasteiro.

Antes dos agitados anos de mudança de costumes, de Woodstock e guerrilhas, Dona Alice fora anarquista e vivera em comunidades. Cigana, libertária, morreu sem posses, imagino, em um vermelho entardecer.

Agosto 2002

Breve adeus a George Harrison

Ontem no espelho vi o tempo: o branco dos cabelos, as rugas do rosto, as cicatrizes do olhar. Vi passarem sonhos lisérgicos, lágrimas, desertos, Vietnãs. Colhi a música Beatles, impregnada do perfume do mundo, trazida pelo vento da noite. No espelho, amanhecemos.

01 / 12 / 2001

O grande
dia

Reclinada na poltrona do teatro, escuto dramas e sonhos na fala pastosa daquela mulher. Hoje, ela faz 90 anos e a cidade presta-lhe homenagem. Sobrevivente da Segunda Guerra, na juventude combateu os fascistas, militando na resistência francesa. Depois, o Brasil tornou-se a sua outra pátria.

De início, assusta-me a figura esquálida, antiga bailarina clássica. No rosto de pergaminho, a maquiagem carregada, sobrancelhas inexistentes pintadas de marrom, batom escuro delineando lábios murchos.

Por alguns instantes, diáfana, gestos lentos, ela dança e revela, no movimento do corpo, os segredos do tempo.

Naquela noite, a velha dama francesa de sotaque inconfundível me ofereceu o aprendizado de uma vida.

08 / 11 / 2003

Salvo das águas

Em mais uma visita domiciliar, rotineira na prática médica, fui atender um pequeno paciente com suspeita de infecção congênita, morador de uma das favelas da região. Nesse dia, dispensei a auxiliar de enfermagem que sempre me acompanhava e o motorista, pois, na entrada da favela, de vielas íngremes, observei que não seria possível transitar com a viatura de serviço. O motorista pediu para ter cuidado. Agradecida, segui sozinha.

Na manhã quente, o céu carregado de nuvens escuras prometia pesadas chuvas de verão. Caminhei por dezenas de ruelas estreitas, onde se dependurava um mar de barracos. Saltei córregos, esgotos de cheiros indescritíveis. Também desviava do lixo, que se espalhava por toda parte.

No caminho, respondi a perguntas de homens desconfiados que tomavam conta dos becos e, de modo agressivo, marcavam território. Mas a favela me transmitia um quê de festa. Havia o alarido do dia, a escorrer pulsante, no vaivém de cores, das mulheres em seus afazeres, das crianças empinando pipa, jogando bola.

Enfim, cheguei ao local, uma construção inclinada em cima de um barro vermelho e movediço. Parecia que, a qualquer momento, a casa deslizaria. Chamei pelos moradores com o tradicional bater de palmas, mas ninguém me atendeu. Quando estava para desistir, uma moça muito jovem, 16 ou 17 anos, abriu a porta, e identificou-se. Chamava-se Rosânia e era a mãe da criança que eu procurava. Entrei no espaço de um cômodo e um banheiro, com chão de terra, onde se empilhavam camas, cadeiras e sofá, de um lado, e fogão e mesa do outro. Tudo muito limpo e arrumado.

– Desculpa a demora para abrir a porta – disse Rosânia, visivelmente acanhada –, é que meu marido saiu cedo, o bebê não me deixou dormir.

Conversamos um pouco e ela ficou mais tranquila.

– Como se chama o bebê?

– É Francisco, em homenagem ao santo e ao meu pai. E também ao rio São Francisco, que é muito lindo. A senhora conhece? Ele passa na minha cidade. Conhece Juazeiro da Bahia?

– Conheço, gostei muito de lá.

Rosânia trouxe um café, e, à vontade, começou a falar. De sua origem nordestina, do casamento, da saudade da mãe e da terra. Ali moravam 5 pessoas, o marido estava desempregado, mas às vezes se virava de ajudante de pedreiro. Mais a sogra e a cunhada.

Depois de avaliar os exames e o bebê, concluí que ele estava sadio, e orientei sobre alimentação e vacinas. Já estava me despedindo, quando veio o temporal, anunciado desde cedo.

O barulho da chuva acordou o menino. Goteiras caíam no berço improvisado. Pedi licença à mãe e o retirei do cestinho para enxugá-lo. Ele me olhava estranhando um pouco, mas não chorou. Falava sua linguagem de sons ininteligíveis e doces. Rosânia tentava secar o chão, já tomado de lama e sujeira.

Lá fora, na viela inclinada e estreita, uma cachoeira assustadora arrastava tudo. A qualquer momento o barraco poderia desabar ou ser inundado. Francisco, alheio a tudo, com olhos luminosos, me encarava intrigado.

Corri com o bebê até a porta. Era preciso tirá-lo dali, sair à rua, quase um rio, conduzi-lo em seu berço, agora barco, navegando em águas caudalosas. E o menino mudaria de nome, se chamaria Moisés, salvo das águas, das doenças, de todos os perigos.

Nesse momento, Rosânia me chamou de volta, pegou no colo o filho. "A chuva logo acalma, doutora", ela previu. Nos despedimos. Beijei Francisco, parti. No caminho de volta lavei o rosto com um resto de chuva e de todas as águas.

Novembro 2001

Janelas abertas

Sem dúvida, era a moça mais bonita da pequena cidade. Corpo colorido de sol e mar, olhos claros puxados para o cinza, por sinal, a sua cor predileta, distribuída em roupas simples de seda e algodão. Vestia, permanentemente, o tom discreto e, na cidade, passou a ser chamada de "a moça de cinza".

Sônia, assim a chamavam, morava com uma tia de idade avançada em uma casa quase em frente à minha. Embora não cultivasse amizade com os vizinhos, mantinha a rua informada do que lhe acontecia. O fato é que, usualmente, fazia da sala de sua casa um palco, onde, personagem de si mesma, representava todas as noites, para quem quisesse ou não quisesse ver, capítulos da vida pessoal e amorosa. Promovia festas ruidosas, discussões acaloradas, intermináveis noitadas de vinho e música com artistas, boêmios, estudantes. Esse jeito de ser despertava reações diversas, desde a fúria maledicente de uns à admiração de outros. E havia sempre uma legião do sexo oposto, seus defensores incondicionais. Não se detinha por muito tempo na cidade. Viajava, sumia por temporadas. Um dia, partiu de vez.

Nunca entendi aquela necessidade de Sônia em dividir com estranhos o seu dia a dia. Não sei se gostava de provocar polêmica na cidade provinciana ou se era uma solitária que tentava se comunicar. Quem sabe uma Greta Garbo de cinza, já que um dia se escondeu, fechou as janelas para a rua curiosa, sem nem revelar se foi feliz.

Velha casa

Velha casa carcomida e bolorenta,
Fortaleza secular de tempos idos,
Tu trazes em tuas cornijas poeirentas
Os fantasmas de tempos já vividos...

Trechos do poema Velha casa
(Dorivaldo da Mota Gondim)

Numa casa, assim, vivi dos 10 aos 14 anos, e talvez tenha sido ali que o mundo começou a se revelar para mim com tal intensidade, que, tivesse eu o dom tão próprio às pessoas da minha terra para contar histórias, escreveria um romance e não apenas estas poucas linhas.

A casa, antiquíssima, não era nenhuma mansão glamourosa dos barões do açúcar ou do café. Era uma casa dos tempos coloniais do nordeste brasileiro, provavelmente alugada ao meu pai no mesmo estado em que fora construída, há uns 200 anos. Tinha pé direito altíssimo, paredes tortas, cheias de fendas e vãos, salas e quartos, muitos quartos, verdadeiros labirintos, com portas de madeira pintadas de azul. O forro, de um tecido grosso e esgarçado, nem em museus vi igual. Dele, se desprendia um pó fino que infernizava a vida dos alérgicos. O quintal, pequeno, contrastava com a parte interna, os cômodos enormes que funcionavam como um parque de diversões perene para as crianças. A cozinha, com fogão de lenha e chaminé, completava o cenário das mágicas histórias que ouvíamos do lugar.

Para mim, a casa assemelhava-se a um trem, com seu corredor e janelões voltados para a rua, de onde olhava as pessoas, os belos estudantes do colégio vizinho, as passeatas, o carnaval, os enterros, as procissões. Para o meu pai, com seu temperamento melancólico, o lugar até inspirava versos. Minha mãe, apaixonada pela claridade dos dias, desgostava do ambiente soturno, do trabalho para administrar a casa, deixá-la limpa e acolhedora. Com os 7 filhos compartilhava o medo atávico de fantasmas, que, diziam as lendas, também moravam ali. Eu, que desde criança tentava demonstrar desprezo racional pela existência deles, tive que me render às evidências, na noite em que minha mãe e eu ouvimos uma sinfonia de talheres na cozinha, quando as outras pessoas da casa já dormiam profundamente.

No dia seguinte, a história entrou no rol dos casos contados por empregadas, tias e amigas da minha mãe. Era frequente o medo e o alvoroço das crianças, quando a noite chegava. Nessas ocasiões, meu pai, em geral, homem de visão fatalista do cotidiano, serenamente, acalmava todos, brincando que os fantasmas tinham mais o que fazer do que assustar mulheres e crianças. Era assim o meu pai, diverso, contraditório, espírita convicto, que também escrevia sonetos de sentimentalidade.

Guardo o encantamento de ouvi-lo trabalhar na pequena sala contígua ao meu quarto, onde ele improvisara um escritório franciscano. Lá havia a escrivaninha antiga, a estante cheia de livros guardados a 7 chaves. E sua máquina de escrever, que até hoje escuto. Escuto o meu pai, construindo versos, declamando em voz alta, embalando meu sono.

... E para escrever, é inexpressivo o verso,
para tudo que viste em tua longa vida,
velha casa bolorenta e carcomida...

A b r i l   2 0 0 2

Hora absurda

O teu silêncio é uma nau com
todas as velas pandas...
Brandas, as brisas brincam
nas flâmulas, teu sorriso...
E o teu sorriso no teu silêncio
é as escadas e as andas
Com que me finjo mais alto e
ao pé de qualquer paraíso...

Fernando Pessoa

A que horas se põe o sol? Já passava das cinco da tarde, Vera inquietou-se. O marido, Severiano, não chegava. Por um momento, pareceu ouvi-lo falar, repetir a pergunta de todos os dias, mas se percebeu só. Vinha no vento o ruído de ondas da maré cheia contra as pedras. As gaivotas, em bandos, dançavam a dança de fim de tarde, ensurdeciam Vera. Ela se sentou na areia, tentou distrair-se com o vaivém dos pescadores, das pequenas embarcações cheias de peixes que atraiam os habituais compradores.

Desde sempre, dividia com Severiano esse adormecer do dia; ficava à espera, tecendo fios, mesmo nos tempos em que ele viajava dias ou muitos meses. Admirava nele o conhecimento do mar, de temporais e calmarias, a arte de ouvir, falar pouco, de compreender, que adquirira com as pessoas pelo mundo afora e com os livros.

Quando ele deixou o mar, disse a ela: *você e nossa família são tudo pra mim, mas preciso morar só*. Instalou-se nas encostas da ilha, numa pequena casa abarrotada de livros, portas e janelas perpetuamente abertas ao mar. Ali passou a ficar a maior parte do tempo. Marinheiro de terras tantas, trazia em si o mundo imenso.

Vera comparava o mundo de Severiano ao seu, de dona de casa, de tecelã, vivendo sempre ali na feitura de rendas e redes com as outras mulheres da ilha, nos cuidados com a casa e os filhos. Os dias sempre iguais, sem novidades, sem surpresas. Um dia fizera planos de viajar com o marido, estrada afora, mar adentro, mas isso não foi possível.

Todas as tardes caminhava ao encontro de Severiano. E lá estava ele na praia, lendo em voz alta versos, contos, cantigas de terra e mar. Ilhéus e pescadores a escutá-lo.

Vera o olhava e via-se nele, via o tempo refletido naqueles olhos azuis desbotados, nas rugas do rosto cada vez mais profundas, nas histórias de navios, de tesouros perdidos.

A que horas se põe o sol? Naquela tarde, ela entendeu, em poucos minutos, que tudo mergulharia em trevas e silêncio.

0 1 / 1 0 / 2 0 0 5

Um presente do outro mundo

Toalha de renda francesa sobre a mesa de banquete, arrumada à sombra dos umbuzeiros em flor, farta de carnes, cachaça, de doces frutas da época. Assim Pedro, viúvo há alguns anos, festejava o seu casamento com Dalva, em um daqueles anos felizes, quando a chuva vem, enche rios e açudes, traz colheita boa, e o sertão cobre-se de verde.

Essa felicidade demorou a vingar. Inicialmente os filhos deles, todos casados, não se conformaram com a ideia, destilando preconceitos arraigados. Mas logo perceberam que os dois não se deixariam influenciar. Já havia no casal uma cumplicidade de muitos anos, cultivada com sofrimento, amizade e confiança. Conformados, os filhos aceitaram participar da festa e, lá pelas tantas, já eram dos mais bêbados e dançantes.

Os convivas fartavam-se com as iguarias, depois, aos pares, cantavam e dançavam ao som das sanfonas. O forró animado levantava poeira, coloria tudo de barro vermelho, inclusive a fina e branca toalha francesa, presente do noivo, cujos bordados, delicadíssimos, Dalva não cansava de admirar. Pedro, alguns goles de cachaça a mais, sorria para a noiva, ao lembrar a forma inusitada com que tão requintado presente chegara às mãos dela.

Dalva ficara viúva de Samir, amigo de infância de Pedro, e este, nem bem se recuperou do baque, viu a morte levar dele a esposa Marieta. Pedro sentiu-se ainda mais sem chão, com os filhos longe, cada qual no seu rumo. Só encontrava consolo nas conversas com Dalva, nas costumeiras visitas de tempos antigos.

Ela precisava dele, ora pedia orientação nos negócios, na condução do inventário, ora pedia conselhos para um ou outro filho. E assim foi chegando de mansinho aquele sentimento novo, que ele via brilhar também nos olhos da viúva. Perguntava-se se aquilo era justo, direito, se não estaria traindo sua falecida mulher, o seu melhor amigo. Embora um tanto atormentado por essas dúvidas, criou coragem e pediu Dalva em casamento. Para sua surpresa e alegria, ela aceitou.

Nos preparativos do casamento, a viúva presenteou Pedro com a velha mala de couro que pertencera a Samir. Enquanto arrumava as roupas para se mudar, Pedro recordou-se do compadre.

Filhos da mesma cidadezinha, frequentaram a mesma escola, dividiram brincadeiras. Mais velhos, continuaram os estudos, ajudaram-se em projetos e trabalho. Cada um, do seu jeito, alcançou uma condição financeira razoável para a família. Pedro, um cômodo funcionário de repartição pública; Samir, um mascate, trilhando as estradas do sertão.

Entretido nessas lembranças, Pedro percebeu que a mala italiana, tão vistosa, também tinha um fundo falso. Com bastante dificuldade, conseguiu abri-lo, e admirou-se com o seu conteúdo: um embrulho de presente. Era a refinada toalha de mesa. Por um momento, fantasiou que Samir, de algum lugar, aprovava, com a peça de linho, o seu casamento. Junto com o presente, descobriu cartas, muitas cartas, de Teresa, Ruth, Marialva. Pensou bem. Ficou com o presente e jogou as cartas no fogo.

28 / 10 / 2005

Viola e sertão adentro

A casa, de pau a pique, da cor do barro, fica a léguas de qualquer lugar habitado. Para chegar a ela, atravesso um deserto de mato rasteiro e espinhento, mais um sol de luz tão forte que faz a gente ver miragem.

– Aqui mora alguém?

– Moro eu, Antônio Vaqueiro para uns, Antônio Violeiro para outros. E você, qual o seu nome?

– Josué.

— Entre, a porta não tem tranca nem de dia nem de noite, que é para eu receber quem queira conversar. Durmo pouco, de duas a três horas, e os sonhos acendem as lembranças.

— Mora sozinho?

— Sim, os oito filhos na cidade. O caçula vai e vem com as boiadas, passa por aqui de vez em quando. Os outros me visitam no Natal e Ano Bom. Queriam me levar com eles, depois que enviuvei; acham que estou maluco, que converso com as paredes. Não vou, não tem precisão, meu lugar é este aqui.

Dentro da casa, o chão de terra está varrido com esmero; na cozinha, água fresca na moringa, um pouco de comida sobre o fogão a lenha. Na sala, duas redes, a mesa pequena e, escorada nela, a viola.

— A vida toda foi aqui?

– Não, seu moço, meu pai morreu cedo, fiquei no lugar dele pra dar sustento à mãe e irmãos. Vivi de déu em déu, aboiando sertão adentro. Bem menino, me juntei aos vaqueiros, e cresci ali no meio deles; por muito tempo vivi a vida desatinada de rapaz solteiro, muita cachaça, muitas mulheres, até encontrar Josefa.

Seu Antônio dedilha a viola.

– Que amor tão grande tive por Josefa, pelos filhos, pelas viagens. Passava meses fora. De volta de longas jornadas, juntava companheiros de viagem, amigos, mulheres da vizinhança, meninos em algazarra. Na cantoria mais bonita deste mundo, a lua e as estrelas alumiavam tudo. Em tempos de chuva era bonito este lugar, fazendas ricas e açudes cheios, tudo verde, umbuzeiros em flor. Quando a seca chegava, era um desassossego. Rios e açudes secos, gado magro, comida escassa. Todo mundo partia. Uma vez levei a família embora e aconteceu a tragédia maior. O filho mais velho adoeceu e morreu no meio da estrada. Josefa nunca se conformou. Ficou diferente comigo. Negou-se a me seguir, ficava sozinha no trabalho, cuidando dos meninos, enquanto eu viajava para o sul, para o norte, onde tivesse jeito de ganhar algum. Cheguei a passar meses, até mais de ano, longe de casa.

– E depois?

– Voltei um dia e resolvi ganhar a vida com a viola. Primeiro nas feiras com os cantadores e os poetas de cordel. Recebia trocados, pobreza de Jó. Aos poucos, fiz fama. Não tinha batizado, casamento, festa de rua que não me pedissem as modas de viola. Tocar virou profissão, felicidade, consolo. E aqui estou, até quando Deus quiser me levar. Ele que me perdoe, mas não sei por que me deixou viver por tantos anos, se todos os da minha idade não existem mais. Ainda bem que vez ou outra passam os viajantes feito você, moço, que ainda se interessam pelo saber antigo de uma vida. Os outros, os mortos, me visitam algumas vezes, à noite, e me fazem companhia na viola. Com a luz clara da lua posso vê-los melhor. Nas noites escuras, com a pouca luz amarela da lamparina, eu mais escuto eles, parecem um coro de anjos cantando junto com a viola. Até que o dia amanhece outra vez.

S e t e m b r o   2 0 0 9

Derradeiro dia

Havia um perfume, o perfume sufocante de cravos brancos e amarelos, espalhado pela sala. Havia velas e a chama das velas, a única luz que hoje me permite visualizar uma nesga desse dia, nas brumas da memória. Não me lembro de pessoas, choro ou música. Havia eu sozinha, e Dona Dulcina, inerte em seu esquife coberto de flores.

Meus olhos meninos não entendiam aquele corpo, escultura de pedra fria, tão acostumada estava eu ao seu movimento, ao desenho de giz das suas letras, dos seus números. Aos 6 anos de idade, ali estava eu, diante da professora querida, estranhamente silenciosa, os cabelos de seda brancos puxados para trás, em costumeiro penteado. E na mesma casa onde morava com a irmã, com quem dividia a escola e o dia a dia, ali estava ela.

Até hoje não recordo de que modo cheguei e saí, nem o que se passou depois. Algo se quebrou em mim para sempre, diante daquela mulher vestida de eternidade.

Junho 2002

Estiagem

Da janela do carro, espio. É hora do almoço, o asfalto ferve a 32° C. A cidade tomada por um vapor quente que a envolve. Nem acredito ver São Paulo assim, árvores secas, flores murchas, um sol escaldante de meio-dia. Inacreditável que esta seja a cidade onde cheguei faz tanto tempo, com temperaturas frias e garoa constante. Essa impressão na pele, mais a forte presença de orientais, faziam-me imaginar ter chegado ao Japão ou a outro rico, distante e chuvoso país da Ásia.

Parada no trânsito, reparo em construções e calçadas, em garis e operários fazendo a sesta, vencidos pelo mormaço. Na hora mais luminosa do dia, adormecidos em quase inocência, quase desamparo, aos meus olhos curiosos revelam-se em fragilidade e completude.

Nas ruas, a paisagem deserta e o silêncio, interrompido por zumbidos de insetos, algum canto de pássaro errante e de outros que respondem quietos, em seus ninhos. Da janela do carro, escuto este silêncio, estranho à metrópole, este silêncio que lembra o sertão, sua luz inclemente, seus homens magros que conduzem a boiada e dormem ao sol do meio-dia.

Recordo, antes de o farol abrir, este sertão, que se banha em açudes abissais, por vezes, sangram, transbordam; outras vezes secam tão completamente que revelam cidades submersas, noites de estrelas e tragédias.

Chego em casa para o almoço. Mas hoje tenho sede.

Setembro 2003

A outra margem

O dia fora perfeito na ilha minúscula, ainda plena de natureza selvagem, Laura pensava, lado a lado com a mãe no pequeno barco. A moça recebera de dona Eulália o convite para este fim de semana e usufruía dele a cada minuto. O barco deslizava e Laura comparava essas águas da tarde com as da maré alta das primeiras horas da manhã. Bem cedo olhara o mar encrespado, vermelho de sol nascente. As ondas, uma após a outra, enormes, batiam nas pedras num baque surdo, feito um tambor ancestral. Depois viravam espuma, que, diluída na praia, parecia de açúcar, não de sal. O mar fascinava Laura tanto quanto qualquer outro ser vivo sobre a terra, por suas nuances, seus humores, ora calmo, ora raivoso, às vezes belo, às vezes assustador.

O barqueiro conduzia a embarcação com vigor e, diante da quietude das viajantes, quis saber se estavam gostando do passeio. Laura respondeu um "sim", constrangida, pois até ali, ela e a mãe quase não haviam trocado palavras com Inácio, homem magro, muito alto, envelhecido rosto de quase 70 anos. Então, Dona Eulália saiu do silêncio e disse ao barqueiro o prazer que sentia em fazer a travessia numa jangada de pesca. Laura, por outro lado, confessou seu medo, preferia estar num barco maior.

"Fique sossegada, moça, Iemanjá protege a gente. E eu conheço todos os segredos dessa ilha", Inácio declarava com firmeza, orgulhoso, mas de cabeça baixa. Cabelos brancos encobertos por um chapéu de palha gasto, quase desfeito nas abas, sandálias igualmente gastas e um vestuário de algodão compunham a figura rude do pescador.

"Bem menino eu já ia pescar com meu pai dois ou três dias no mar. A gente trazia tanto peixe que distribuía comida pra ilha inteira", Inácio sorria.

"O senhor ainda pesca?", dona Eulália encantava-se com a conversa franca e serena do pescador.

"Depois que meus filhos cresceram, passei a trabalhar na construção de barcos artesanais e na travessia de turistas com outros pescadores mais velhos. Mas aí chegaram os grandes barcos a motor e acabou nosso ganha-pão."

Laura interrompeu a conversa. Estava aflita com o tempo fechado que ameaçava chuva forte. Inácio pediu calma, lembrou as passageiras da sua experiência com ventos e temporais. Agora, seu tom de voz havia mudado, estava grave, aborrecido. Alertava que o medo poderia atrair espíritos negativos e magoar a Mãe das Águas. Laura calou-se, ainda mais assustada.

A nuvem desaguou numa chuva torrencial de pingos espessos que furavam a pele, encharcavam as roupas. Passou rápido. O barco tinha balançado tanto que, a certa altura, parecia que os passageiros seriam jogados no fundo do oceano. Depois disso, aconteceu o mais grave. Inexplicavelmente o barco encalhou no meio da travessia. De nada adiantaram as manobras alucinantes do condutor. Laura e dona Eulália tentavam convencer Inácio a chamar socorro antes do anoitecer. Inácio, pálido, parecia ferido por uma lança invisível. Rigoroso, não admitia erros de qualquer natureza, sempre foi considerado um mestre. Passou a falar coisas desconexas, atribuía a Laura tudo que estava acontecendo: "Por sua culpa, Iemanjá nos abandonou".

Rapidamente, outros barqueiros chegaram para socorrê-los e terminar a travessia. Laura e dona Eulália foram conduzidas ao outro lado da ilha. Inácio recusou-se a abandonar o barco, mantendo-se indiferente às súplicas das duas mulheres.

Anoiteceu. Na outra margem, ilhéus, familiares e amigos saíram em procissão de barcos para socorrer o velho pescador. Inácio permanecia estranhamente impassível aos acenos e chamados. Mais tarde, seu barco se desprendeu, flutuou à deriva, sem remos, sem rumo. Todos viram pela última vez aquela figura magra, vestes brancas iluminadas pela lua, afastar-se aos poucos, até desaparecer completamente no mar.

09/04/2007

Manuscrito

Não conheci meus avós paternos nem maternos. Tudo o que sei deles me foi transmitido pela memória. A memória de cores vibrantes da minha mãe pintora. A memória lírica e taciturna do meu pai.

Da minha mãe herdei o Oiticica, nome de árvore nordestina frondosa, sob a qual ancestrais vindo de remotas terras protegeram-se. Da minha mãe cresci ouvindo histórias iluminadas pelo sol de morros e canaviais de Pernambuco e das Alagoas, onde ela viveu parte da infância. Foram ali muitas das moradias transitórias, nas quais o pai dela, construtor de usinas de açúcar, instalava-se periodicamente com a família, enquanto trabalhava. Moradias perenemente perfumadas pelo cheiro do melaço de cana, fervido em enormes tachos, mexidos por negras fortes, ainda escravas, misturadas aos senhores de engenhos e às sinhazinhas dos lugarejos. Tudo isso se encharcou de lágrimas a partir do dia em que minha avó materna, sempre linda e quieta, morreu de parto, em uma cidadezinha qualquer, distante de meu avô e de socorro médico.

Do meu pai recolhi as sementes da poesia e certa melancolia lusitana. Ouvia, desde pequenina, sem que ele percebesse, a mesma história: a morte dos irmãos mais velhos, afogados em um passeio em dia festivo; a morte dos pais, que, mergulhados em silêncio e abismo, aconteceu pouco tempo depois. Ficaram meu pai e outros cinco irmãos pequenos, órfãos e perdidos no mundo. Meu pai, para sempre tatuado pela tragédia, sobreviveu, amparado em versos, na religião, no trabalho. Sobreviveu, principalmente, graças à minha mãe.

Com os dois aprendi, desde cedo, certa noção de destino, do fatídico, do belo; aprendi com eles todas as nuances que compõem a paisagem dos dias e das noites.

02 / 10 / 2004

Notícia de jornal

A reportagem, publicada no domingo em um dos jornais mais importantes do país, se referia aos novos andarilhos dos tempos atuais. Virgínia, baiana de Jequié, 35 anos, empregada doméstica, era um deles. Moradora de um bairro da periferia na divisa de São Paulo com Guarulhos, caminha todos os dias vinte e dois quilômetros: onze para ir de casa ao trabalho e mais onze no percurso inverso. Não por ser atleta da marcha olímpica ou por alimentar o sonho de fazer o caminho de Santiago de Compostela. O objetivo dela é apenas economizar o dinheiro do transporte, para completar as despesas da moradia de um único cômodo, onde vive com os dois filhos pequenos que sustenta sozinha.

A "nova andarilha" da cidade mais rica do país não faz discursos nem tem consciência política, nada sabe da distribuição de renda, uma das mais injustas do mundo. Virgínia sabe, apenas, que precisa sobreviver e criar os filhos. Todo dia, acorda ainda no escuro da madrugada e caminha para o trabalho.

Num dia da semana, para fazer a matéria que sairia no domingo, o repórter a acompanhou. Virgínia conta dos sustos que já vivenciou em sua aventura diária, desde o mais prosaico receio dos cachorros que latem desavorados, quando ela passa, até o terror vivido, quando foi atropelada e abandonada sem socorro. Ou ainda daquela véspera de Natal em que sofreu um assalto à mão armada, perdeu o salário e todos os documentos.

Virgínia fala num tom fatalista de sobrevivente de Deus ou do destino, mas também solta gargalhadas e cumprimenta os conhecidos que caminham em sentido contrário. Não perde o bom humor, mas reclama de certa preocupação com a tosse, que não melhora há mais de um mês. Lamenta-se dos motoristas mal-educados que buzinam impiedosamente. Conta, com tristeza, jamais ter recebido carona de algum deles, mesmo em momentos muito difíceis.

Segue seu caminho noite adentro por ruas mal-iluminadas. Às vezes, encontra calçadas obstruídas por carros e motos estacionados em lugar proibido. Então, vira equilibrista de circo para conseguir alcançar o outro lado. No final, revela ao repórter a sua diversão predileta: um passeio de metrô, uma vez por mês, em que ela diz maravilhar-se. Depois das três horas de caminhada de volta, convida o jornalista a entrar e se sentar. Ela permanece de pé, contando mais histórias.

Na foto em preto e branco que ilustrará a matéria, Virgínia, muito magra, estampa, no rosto mestiço, um sorriso de lábios grossos, mais cacheados cabelos longos, molhados de chuva. Justo hoje, dia da reportagem, não havia trazido a sombrinha.

Seu rosto exótico, expressivo, somado à displicente e não cultivada elegância, talvez fizessem sucesso no mundo fashion das passarelas de moda em Paris e Nova Iorque.

Ela nem imagina as reflexões malucas dessa leitora e de tantas outras que a leem no jornal, em mais um domingo de sol, neste país de contradições. Virginia, alheia a tudo, sorri para todos nós, leitores, que pelo menos por uma breve e única página de vida, a olhamos e escutamos.

11/10/2003

Em branco e preto

Homens rudes, negros ou brancos, malabaristas a subir e descer ladeiras, adentram a cidade em direção aos bairros mais nobres. Indiferentes ao alarido de buzinas, circulam na paisagem concreta de rodovias e viadutos, driblam guardas e semáforos. Parecem saídos de trechos ambíguos da história oficial, de gravuras em branco e preto, de retratos do Brasil escravo. Puxando com maestria as próprias carroças, lembram animais de tração. Ao lado, ao largo, sob sol ou chuva, ao sabor dos ventos, rodopiam, de dorsos nus, nas praças, nas ruas, nas páginas dos livros da Modernidade.

06 / 03 / 2004

Dia das mães

A senhora Haruko, sentada ao lado de um baú de cartas, cartas do Japão, recebidas durante anos. Centenas, lidas e relidas, multiplicadas, assim, ao infinito matemático, copiadas em sua mente e em seu coração, em todos os seus kanjis e hiraganas.

Na cadeira de balanço, ela embala o corpo, mirrado e encurvado, recolhido num canto do quarto viúvo. Na meia obscuridade, o antigo espelho reflete a mulher que resiste ao tempo com a força adquirida no trabalho em campos e fábricas de uma vida migrante. Em algumas ocasiões, relê cartas e chora; verte as lágrimas, recolhidas onde o mundo de fora nunca chegará, lágrimas guardadas desde aquele longínquo dia da partida num porto do Japão.

De repente, a respiração fica difícil, a senhora Haruko sente dores no peito outra vez. Abandona por algum tempo a leitura, levanta-se, caminha, toma um pouco d'água, olha os porta-retratos, beija a foto do filho. Deus, por que o levou tão moço?

Os rumores da casa, sempre cheia de gente, hoje estão mais intensos. Da cozinha vem o cheiro da comida especial para a grande reunião familiar, em homenagem ao Dia das Mães e ao seu aniversário de 85 anos.

As dores e o mal-estar passaram. A senhora Haruko volta ao seu assento. Fecha os olhos, suavemente, para relembrar aquele dia, há 50 anos, a partida para o Brasil com o marido e sete dos oito filhos. Sim, foi naquele dia distante, na hora da despedida, que roubaram seu primogênito. A irmã pediu, o cunhado ordenou: "O mais velho fica; vocês têm oito filhos, nós não temos nenhum; não é justo". O marido, calado, assentiu. Levaram às pressas seu pequeno Takeo em choro desatinado. Depois, o navio apitou avisando a partida. O porto foi ficando para trás, para trás o seu filho, os lenços brancos, as montanhas brancas. A vista escureceu. Desde aquele dia imagina que a morte a visita.

A senhora Haruko manteve o sonho de um dia reencontrar este filho e nunca mais permitir que partisse. Correspondeu-se com ele por toda a vida. Percebia nas entrelinhas as mágoas, o fio rompido naquele porto distante. Tentou orientá-lo, protegê-lo, compensar o abandono involuntário por meio de cartas, assim não o perdeu para sempre. Acompanhou a história do filho e do Japão desde os tempos das batalhas perdidas da Segunda Guerra. Soube de tudo a seu respeito: o casamento, os filhos, o dia a dia de trabalho e de pobreza; principalmente, soube que nunca conseguiu ser feliz. Há um ano, recebeu sua última carta: "Mãe, você vai sobreviver a mim".

Agora vieram buscá-la para o almoço. Acha difícil permanecer nas festas. Nunca aprendeu português.

Passagem para o porto

Nossa casa de veraneio ficava numa vila próxima à cidade portuária. Os caminhos para ela eram conhecidos em detalhes por meu pai, que amava aquele lugar. Passava o período de férias em longas excursões exploratórias a praias e ilhas desertas. Nós, eu e o meu irmão pequeno, éramos sua companhia constante, já que mamãe não o seguia nessas aventuras. Naquele dia, saímos mais cedo e o meu pai mudou o percurso habitual.

– Hoje quero que conheçam um pouco o caminho da mata. É muito mais bonito.

Nosso destino, a festa da padroeira, missas e novenas e, depois, o folguedo de rua no cais do porto, à noite. Eu não via a hora de andar na roda-gigante, visitar navios, provar as deliciosas comidas do mar.

Entramos na mata, no cheiro da terra, nos gorjeios e zumbidos. Eu, Julinho e o pai, primitivos habitantes de florestas imaginárias, repletas de pássaros multicoloridos, borboletas e lagartas fluorescentes. No sol de deserto, árvores de copas fechadas projetavam imensas sombras e nos abrigavam da claridade inclemente. Nenhum rio, lagos ou regatos pelo caminho. Despercebido, o tempo passou, e sentimos sede intensa. O pai servia água do cantil, em pequenos goles, aliviando pouco a secura dos lábios.

Caminhávamos juntos e nossas mãos prendiam-se às dele, sempre muito firmes. Mas recordo que, por instantes, pareciam trêmulas, talvez por medo de estar no meio do mato com dois filhos pequenos. Como sempre sabem as crianças, percebi que algo errado acontecia. Nem de longe se escutavam os sons da cidade, do porto, dos navios. Ao invés disso, o sol a pino, o céu assustadoramente azul.

– Falta muito? Julinho, a certa altura, recusava-se a caminhar.

– Estamos perto, falta um pouquinho – o pai o consolava, enquanto recolhia frutas sob as árvores, nos alimentava, nos distraía com histórias de abelhas e de tantos outros insetos que surgiam em revoada.

Após muito tempo, vi meu pai, trôpego, caçula no colo, olhos assustados no céu, no sol, tentando se orientar. Colocou Julinho no chão e com esforço conseguiu nos conduzir para baixo de uma árvore frondosa. Sentou-se, recostado no tronco, e nos abraçou sem forças. Estava pálido, a respiração ofegante.

– Vou dormir um pouco, disse num fio de voz. Fechou os olhos. Não sei por quanto tempo gritamos para acordá-lo, em vão.

Era necessário achar socorro, pressenti. Deixei Julinho com o pai.

– Lili, não demore, o irmão suplicava aflito. Segui, recolhendo pedras, e jogando-as para marcar o caminho de volta.

Andei, andei, até o chão virar um tapete de folhas, musgo, água que refrescava meus pés feridos. Senti o cheiro de maresia e avistei a cidade, com suas pequenas casas, a passagem para o porto. Ainda cedo para a festa, encontrei a igreja fechada, as ruas desertas pelo mormaço da hora.

Sheila, batom vermelho, alegre pelo cais com seu marinheiro loiro, foi quem me ouviu e socorreu. Abraçou-me, e o seu perfume forte e doce me envolveu e acalmou.

– Vai ficar tudo bem, nós vamos te ajudar.

No alvoroço que se formou ao redor, recordo que parei um instante para olhar o cais, os navios, as luzes da noite. Era a primeira vez que via o porto assim. E eu era outra menina, levando aquela gente ao encontro do meu pai.

14 / 05 / 2010

Contando histórias pra Dija

Querida Dija.

Hoje, um mensageiro mágico, depois de muito caminhar pelos corredores do tempo, bate à porta e dele recebo este envelope de lembranças e histórias. Eu e você em fotos antigas, guardadas, desde sempre, em não sei qual arquivo secreto.

Lá estamos nós, eu meninota, talvez dez, quem sabe onze anos de idade; você, quatro anos mais nova, muito pequena, às vezes atrevida em seus quereres. Eu, por outro lado, precocemente responsável.

Lá estamos nas tarefas noturnas. Primeiro, fazer dormir o irmão pequeno; depois, lavar a louça do jantar. Lembro que eu concordava com esses pedidos de mamãe, exigindo você como ajudante. Você se envaidecia com a proposta, pois não suportava ser tratada feito pirralha. Mas impunha a mim uma condição, a de ouvir histórias.

Lá estamos nós, eu narrando fábulas, lendas, contos de fadas; e você, já revelando a inteligência aguçada, não se deixava perder nos detalhes dos enredos. Depois de um tempo, ameaçou desistir de ser a minha ajudante, caso não houvesse histórias novas. Das que eu contava, já sabia tudo de cor.

Com medo de perder minha companheira de aventuras e sonhos, iniciei minha missão de pequena Scheherazade nordestina. Seguimos por mil e uma noites. Voamos em nosso tapete mágico com reis e rainhas, sacis e aladins. Sobrevoamos matas, rios, sertões e mares.

E construímos um reino de palavras e afeto.

Grande beijo, Maria José.